ネメシス Ⅶ

懐《なつ》かしい声がした。だから驚いて目を覚ました。

目の前には白い天井。薬品の匂《にお》い。ざわめき。

一瞬どこにいるのか、自分がだれなのかわからないほど深い眠りに落ちていた。

「んん。……ここは……」

「風真《かざま》くん、おはよう」

顔と天井の間に、女性の顔が現れる。

「水帆《みずほ》、さん？」

神田《かんだ》水帆。自称天然パーマの髪に頬《ほお》をくすぐられる。ち、近い！　どぎまぎして慌てて寝返りを打つと、床に落ちた。

「ちょっと大丈夫？」

水帆はパーマよりもふわふわと微笑《ほほえ》んだ。

「もう朝よ〜。寒くなかった？」

「えっ……と」

ソファに手をついて身を起こした。立花《たちばな》研究室のソファに横たわっていた。体に巻き付いていたブランケットを畳む。頭がぼーっとしていて、記憶が乱れている。

「あれ。俺は、探偵で……社長は？」

「何を寝ぼけてるんだ」

今度は背後から男性の声がし、ファイルで後頭部を小突かれた。

「あっ、大和《やまと》さん」

立花教授の片腕と評される大和猛流《たける》は、人当たりのいい先輩だが若手には厳しい。温厚な立花教授とは「飴《あめ》と鞭《むち》という感じかな」と、研究室に配属されてすぐ、水帆に教わった……。そうだ。俺は。

立ち上がって薬品棚のガラス戸の前に立つ。立花ゲノム編集研究室の新人研究員、白衣を着て、派手な寝ぐせを頭に添えた風真尚希《なおき》が映っていた。

「すみません。すっごい夢、見てたみたいで」

弁解すると大和は「ふう」とため息をつく。

「参考までに、すっごい夢とはどんな夢だ？」

「いやぁ、なんか」

説明しようとしたら、すでに忘れていた。ありがちな話だ。

「……いい夢、だったと思います！」

「なんだそれは」

「いいじゃないですか大和さん。私たちの研究は夢を追いかけてこそ、ですし」

にこやかに水帆がフォローしてくれた。すると大和が不服そうな顔をする。

「夢だけ持ったって意味がない」

いや、二人ともいつの間にか「夢」の意味がごっちゃになっています、と指摘しようか風真が迷っていると、新たな声が響いた。

「別に、夢だけ持ったっていいんじゃないか」

「先生！」

ピンと背筋の伸びた長身、精悍《せいかん》な顔立ち。それでいて周りがほっとするようなどこかのんびりした空気と、温かみのある声の持ち主。研究室の室長、立花始《はじめ》だ。

立花は世界トップクラスの遺伝子研究者だった。立花が遺伝性難病の治療法を確立させるため率いているのが風真も在籍する立花ゲノム編集研究室なのだ。

風真は大学の生物学科在学中から立花に憧《あこが》れていた。「生命の謎《なぞ》を解き明かせるかもしれない」、そんなロマンを強く感じたからだ。卒業後に狭き門をくぐってどうにか研究室の一員に加わることができた。

研究室が目標としているのは、脳機能を低下させる遺伝子を発見し、機能改善のためのゲノム編集を成功させることだった。

「夢は未来をつくる原動力だ。何もかも失っても現実に立ち向かう勇気になる。大和だってわかっているだろ」

「わかってはいますが、研究は結果を出さないことには……」

ぼやく口調の大和に「焦りは禁物だ」と立花が言う。

「長い旅だ。気負わず地道にやっていこう」

おおらかな立花の物言いに大和も口を閉ざし、「もちろんですよ」と力の抜けた笑みを浮かべた。やがて他の研究員たちが続々と集まってくる。風真もその中に加わる。

「今日のサンガーシーケンスの準備、頼むぞ。風真」

「はい！」

世界的な科学者が率いるチームに必死にしがみついていた。慌ただしくも充実した毎日だった。

そして二〇〇一年一月。

研究チームはついに遺伝子をピンポイントで狙《ねら》ったゲノム編集に成功した。

「教授、六番目の受精卵で成功しています！」

大和が似つかわしくない興奮した声で叫んだ。「間違いないですよ」、「ついにやったんだ」と他の研究員たちも一様に高ぶっていた。

「世界初ですよこれ」

水帆も声を震わす。

「うおおおお。ノーベル賞確実だ。すげぇ」

風真は疲労も忘れ、全身に鳥肌が立った。

そんな一同とは相反し、顕微鏡を覗《のぞ》いていた立花が冷静な表情で振り返った。

「みんな落ち着いて。あくまで難病治療のための研究だ。功績を求めて焦っちゃいけない。成功した受精卵はたった一つだ」

「えっ。でも」

思わず反論しかける風真を立花は制した。

「それにこの改変を人体に着床させて適用できるかはわからない。ひとまずこの受精卵は凍結して研究を進める」

凍結という言葉に息を呑《の》んだのは大和だった。

「どうしてですか！　わからないからこそ先に踏み出さないと」

「前にも言ったが、今回の実験はこれ以上進めないことを条件にやっと承認されたんだ」

立花は言った。沸き立っていた一同はもどかしい気持ちで目を伏せる。

ゲノムとは、生物に含まれる遺伝情報のこと。同じ種の生物は共通するゲノムを持っている。いわば生物を形作るための「設計図」といわれている。人間が人間たりえる「設計図」に手を加えるということは、人間が意図的に遺伝子操作した人間を生み出すということ。倫理的な面からタブーとされている。立花研究室の実験は非常にデリケートな問題を含んでいた。

「いや、でも、もったいないですよ。人類の歴史が変わる大きな一歩じゃないですか」

大和は食い下がった。

「説明すれば上もわかってくれるはずです。代理母を用意して……」

「ダメだ。この受精卵は母体に着床させてはならない。人が子孫を勝手にデザインして生み出すことは許されない」

断固として立花は譲らず、大和もとうとう折れた。

風真も含めて皆、立花の倫理観に異論はなかった。功名心や欲望に動かされて倫理観を失わない教授だからこそ、ここまでついてきたのだから。それでも割り切れないもどかしさが渦巻く。

「あの！」

重い空気を断ち切りたくて、見切り発車で風真は立ち上がった。全員の目が風真に向く。あ、どうしよう。

「どうした？」

立花が目を見開く。その顔を見て閃《ひらめ》く。

「みんなで記念写真を、撮りましょうよ」

「なんだって？」

ひどく空気の読めない発言をしていると思って風真は首から上がかあっと熱くなる。

「だってその、せ、せっかくの、記念ですし。凍結することには賛成ですけど、でも、今日はいい日だったたって覚えておきたいっていうか。だから」

「記念写真？」

水帆が言った。

「はい！」

「何が記念写真だ！　子どもじゃあるまいし」

憤慨《ふんがい》した大和に声を荒らげられ、風真はしゅんと首をすくめる。救ったのは、のどかな水帆の声だった。

「いいじゃないですか〜。いいアイディアだよ。ね？」

同意を求められた立花が、微笑んで頷《うなず》く。

「そうしよう。今日は記念日だ。なぁ、大和。皆」

「……ええ、そうですね」

大和が折れて皆が納得して頷いた。カメラ持ってきます、どこで撮りましょうか、と楽し気な声が上がり始める。風真はぽんぽんと水帆に背中を叩《たた》かれて、ちょっと泣きそうになった。


編集が成功した受精卵は『GE10.6』というラベリングがなされたうえで、研究所内の冷凍装置に収納された。

保管を見届けて、風真は研究所に隣接する庭に出た。立花研究所は私立の理系大学の片《かた》隅《すみ》にある。目前の広大な敷地《しきち》には学生たちが行き交っている。

空気の澄んだ冬晴れの日だった。木製のベンチに、風真より先に出ていた水帆の姿があった。

「水帆さん」

水帆が水筒の蓋《ふた》を外す手を止めて振り返る。

「お疲れさま～。今日からまた仕切り直しだね」

「はい。でも結果が無駄になるわけではないです。『GE10.6』は貴重なサンプルになって、今後の役に立つはずですから」

「うん。あれ？　ちょっと私に気を遣《つか》ってたりする？」

あっけなく見破られて耳が熱くなる。『GE10.6』に卵子を提供したのはほかならぬ水帆だ。他の研究員以上に、凍結という結果に複雑な気持ちを抱いているかもしれない、と思ったのだが。

「全然気にしてないよ。最初から研究のためだって思ってたし」

あっけらかんと笑い飛ばされる。

「でもありがとう。風真くんは優しいね。モテるでしょ？」

「えっ。別にそんなこと……」

「そっか。いい人で終わっちゃうケースもあるっていうもんね。好きな人ができたら、当たって砕《くだ》けた方がいいよ」

真顔でアドバイスしてくる。この人が天然なのは髪質だけではない。むずがゆさを抑えて、「砕ける前提ですか」と笑う。

「今日から仕切り直しですね！」

話題を逸《そ》らす、というよりも戻した。自分たちの地道な研究はこれからも続く。そしていつか日の目を見て、人を救うのだ、と風真は信じていた。

「そうだねえ。あ、景気づけにどう？」

水帆が水筒からまがまがしい濃紺の、やたらとドロドロした液体をカップに注ぐ。

風真は瞠目《どうもく》して、引きつった笑みを浮かべる。水帆のゲテモノ食いは有名だ。しかも善意で勧めてくるため、立花を含め研究員が幾人も犠牲になっている。

「行きつけのお店の新商品。ナイトメアジュース」

「名前が悪夢ですけど」

「悪夢も忘れ去れるってこと」

「ベリー、とかですか？」

だったらいいな、という願望を込めて風真は訊《たず》ねる。

「と思うでしょ？　でも違うの。うふふふ。飲んでみて。妹には好評だったんだから」

屈託のない笑顔を無下にできない……。青汁のようなものだろう、と腹をくくり、一気に飲む。甘味、辛味、苦味、塩味がスパイラルを描いて胃に流し込まれた。

体が内側から噴き上げられるような感覚。なんだこれ。嵐《あらし》だ。喉《のど》から胃まで、嵐。

ここにいてはいけない風真を、手荒く、遠くへ運ぼうとする。

気づくと風真の体は宙に浮いていた。

「どう？　悪い夢も吹き飛ぶでしょう？」

地上で見上げる水帆が言うが、姿が見えない。耳元で風が吠《ほ》える。

悪い夢？

そうだ。たとえば今から三ヵ月後、『GE10.6』が何者かに盗まれるという事件。

悪夢の始まりだ。

伝えなきゃ。水帆さんに。先生に――。

気づくと慌ただしく人が行き交う研究室の通路に立っていた。

「いったい何が……」

つぶやく風真を後ろから大和が追い越す。険《けわ》しい顔で言う。

「大変だ。『GE10.6』が消えた」

そうか。二〇〇一年四月。事件の日。

風真は自分の記憶に基づいた夢を見ているのだ、と気づく。

二十年前のダイジェストを見ている。明晰夢《めいせきむ》。だが、自分の意思でストーリーは変わらないらしい。

盗難事件は、青天《せいてん》の霹靂《へきれき》だった。厳重に保管されていたはずの『GE10.6』は忽然《こつぜん》と消えた。何者かが持ち去ったのは間違いなかった。

警察沙汰《ざた》にする前に、立花始は旧知の探偵に調査を依頼した。それが当時探偵歴十年、栗田《くりた》探偵事務所の栗田だった。二人は高校の同級生で剣道部の同期だそうだ。栗田いわく立花は「試合になると人が変わる、もっともあぶない鬼部長」だったそうだ。フランクに立花の過去を風真に暴露する栗田だったが、調査能力は優秀だった。

ものの数日で、現場の状況から犯人は研究室あるいは大学内部の人間であると断定した。当然、中身が何なのか知っていて盗んだということだ。

立花はにわかに信じられない様子だった。

「万が一、ゲノム編集の子どもが生まれたらどれだけ大変なことになるか。研究員たちはわかっている。やっぱり身内の犯行とは思えない」

「それはおまえの気持ちだ。探偵としての俺の結論は内部犯しかありえないと言ってる」

栗田は冷静に言った。

「そうだな」

苦悶《くもん》に満ちた立花の表情を、風真は今でも覚えている。

立花は受精卵盗難事件を世間に公表し、すべて自分の過失として責任を取った。捜査を打ち切る代わりに、犯人の身動きを封じる意味合いもあっただろう。

研究室は解散となった。

これでいいのか？　風真は自問が止まらなかった。立花が心血を注いできた夢の研究が、こんな形で終わっていいのか？

諦《あきら》めきれなかった風真の足は、栗田探偵事務所に向かった。「頼もう！」と武士さながらにドアを叩き、応答を待たずに開いた。

デスクでカップラーメンをすすっていた栗田が、「君……どうした？」と目を瞠《みは》る。風真は気にせず、勢いのまま頼みこんだ。

「ここで働かせてください！」

無意識に、テレビで目にしたアニメ映画の予告で、少女が叫んでいたセリフを選ぶ。来月公開のジブリ新作。なんとかの神頼み、だったはず。素人が探偵に雇ってもらおうというのだから神にも頼みたくなる。使うセリフとしてはちょうどいい。……後日記憶違いだと気づいたが。

「俺、やっぱり嫌なんです。このままじゃ納得できない。消えたサンプルを見つけたいんです」

呆気《あっけ》にとられた栗田がラーメンをすする音だけが響く、数秒の間。

「科学者の卵が、探偵に転職するだと？」

「はい。張り込みでも尾行でも変装でも、なんでもします」

推し量るように風真の顔を見つめた栗田がやがて、カップ麺《めん》と箸《はし》を置いた。ついでのように、開いていたグラビア雑誌を閉じる。

「言っておくが、俺たちの仕事は」

厳しいぞ、的な言葉が続くのだろうと、固唾《かたず》を呑む。

「ないぞ」

「……ないぞ？」

こくりと栗田が頷き、口角を上げた。

探偵助手としての日々が始まった。栗田の言う通り、探偵らしい仕事は月に一度あればいい方で、もっぱら近所から頼まれる便利屋のような仕事が続いた。

夏が過ぎ、秋が深まって冬が訪れた。

シャレたストーブが灯《とも》るカフェテラスで、久しぶりに水帆と会った。

「どう？　探偵助手の仕事は？」

「ダメです。毎日怒られてばっかで。盗難事件の犯人もわからないし」

栗田と風真は空いた時間を使っては受精卵盗難事件の調査を続けた。容疑者はある程度限られている。にもかかわらず動機、アリバイ、事件後の動向、どこから攻めても絞ることができずにいた。

「水帆さんは調子どうですか？」

「立花先生が作った個人ラボで細々と続けてる。予算ないし、昔のようにはいかないけど。でもくよくよしてられないから」

柔らかい笑顔の下に透ける、強い意志。水帆は風真の前で弱音を吐《は》いたことがない。傍《そば》にいると、自分も前向きになる。彼女の持つそんな資質に風真はずっと、惹《ひ》かれていた。

「水帆さんは変わらないですね」

「うん？　こういうもの食べてるとこ？」

その日も水帆は「サファイアまん」なる、尋常じゃない色の中華まんをハフハフ、頬張《ほおば》っていた。

「俺、もし事件を解決できたらまた水帆さんと一緒に研究したいです」

水帆はきょとんとしてから顔をほころばせた。

「えー、何それ。昔の科学者のプロポーズみたい」

その笑顔を前に涙が出そうになる。

泣きそうなのは記憶の中の自分なのか、夢を見ている今の自分なのか。

この日が元気な水帆を見る最後になることを、今の自分は知っている。

今度ラボに遊びに来てよ、と水帆は別れ際に言った。行けばよかった。結果、何も変わらなかったとしても、会えばよかった。

事件から一年が過ぎていった。

夢は、容赦なくあの雨の日にたどり着く。

つづら折りの山道、ボンネットがひしゃげたセダン。走り去るもう一台の黒塗りのミニバン。そして——。


ハッと目が覚める。

サバーバンの助手席、ウィンドウにもたれて眠っていた。場所は横浜《よこはま》市内のコインパーキング。差し込む朝日が眩《まぶ》しい。

「起きたか」

運転席の栗田が言う。

「どれぐらい寝てました？」

「五、六分だ」

「すみません。仕事中に」

「いいさ、仕事はまだ始まってねぇ。ゆうべは眠れなかったか?」

「……はい」

「うなされてたぞ。大丈夫か?」

「大丈夫です」

条件反射で答えた。

「悪い夢を見たんだろう」

いつになく栗田は、気遣う口調で言う。

ネメシスは〈磯子《いそご》のドンファン事件〉を始めこの数ヵ月間、持ち込まれる様々な事件に挑んできた。そのたびに風真尚希の名は広まっていったが、社長の栗田が受ける依頼には見えない共通点があったのだ。

二十年前に起きた受精卵盗難事件の謎を解く手がかりになるかもしれない、という共通点だ。

そしてついに栗田と風真は一人の人物に行き当たった。風真にとっては、信じたくない事実だったが。

「アンナは今頃、休暇を楽しんでますかね」

「出歩くなとは言ってあるが。俺たちの行動を勘繰ってるだろう。昨日、あいつと何か喋《しゃべ》ったか？」

風真は真顔で記憶を辿《たど》る。

「おすすめの宅配便を訊《き》かれたぐらいですね。ハピネスカイト急便を推しておきました。昔やってたんで」

「ああ、ハピネスカイトは配達員の挨拶《あいさつ》が気持ちいいな。って、どうでもいい会話だな」

車内に二人の笑い声がくすくすと漂う。

風真は眉間《みけん》を摘まんでから、顔を上げる。

「終わらせます。悪い夢は」

栗田は小さく頷きハットを被《かぶ》った。

「アンナのためにもな」

はい、と強く応じる。

＊

「カヤの外だよ」

美神《みかみ》アンナはため息交じりに言った。

「ん。カヤの外、で使い方合ってるよね？」

向かいに座る四葉朋美《よつばともみ》が微笑んで頷く。

「合ってるよ。でもイントネーションはカヤって下がるんじゃなくて、上がる感じ。蚊帳の外」

人差し指で↖↘の線を宙に描いて教えてくれる。アンナは復唱してみた。「仲間外れにされる」という意味の日本の慣用句。

「ふつうに考えて蚊帳の外に放置するなんてひどすぎる。インドだったら命に関《かか》わるからね。マラリア、ウエストナイル熱、デング熱」

一年前まで住んでいたインドを思い出して言う。日本に比べて雨が多いインドでは、蚊の媒介で感染症が流行することも珍しくない。

「日本でも、死の危険はすぐそこにあるよ」

朋美が長い黒髪を梳《す》いて憂《うれ》いを帯びた目になる。色白美人のそんなしぐさと表情には、アンナでさえもドキッとなる。朋美とは横浜市内、金沢区《かなざわ》にある遊園地シーユートピアで起きた〈ボマー事件〉で知り合った。年齢の近い大学生で、今では気の置けない友達だ。

「でもアンナちゃん、本当に仲間外れにされてるの？　風真さんと栗田さんに」

「間違いない。ずっと私に何か隠してる。今日だって朝から二人ともいないし」

去年、アンナは日本で失踪《しっそう》した父を捜しにやってきた。以来、父の友人栗田と風真の運営する探偵事務所ネメシスで助手として働いている。二人には感謝しているし、信頼もしている。でも一緒に父を捜しているはずなのに、どこかでアンナを核心から遠ざけているような妙な素振りが、ずっとあった。

「ネメシスが本当の名探偵を世間に隠しているように？」

いたずらっぽく朋美が言い、アンナはわざとらしいしかめっ面《つら》で「しーっ。企業秘密」と人差し指を立てる。顔を見合わせて噴き出す。

数々の事件を解いているのは風真ではなく、アンナであるという秘密を朋美は知っていた。

「お待たせ〜。レインボー餃子《ギョウザ》よ」

『Dr.ハオツー』の看板娘リンリンが、七色の餃子が山盛りされた大皿を運んでくる。アンナと朋美は『Dr.ハオツー』のテーブル席にいた。朝から食べる量じゃないぞ、と栗田だったらげんなりするだろう。アンナと朋美には無問題だ。

「足りなかったらどんどん作るって～。店長が」

テーブルに皿を置いてリンリンが言う。後ろから小柄《こがら》で丸顔の料理人が現れた。店長の中国人、リュウ楊一《よういち》だ。

「最近アンナちゃんと朋美ちゃんに人気だった食材の大集合、アベンジャーズよ！」

ハリのある声でリュウは言って人のいい笑みを浮かべる。

「わぁありがとう。さすが百の技と千のレシピを持つ男！　楽しみすぎる」

「こっちこそ、いつもシェイシェイ」

「何色から食べようかなぁ」

朋美が箸を手にして、いただきます、と言って緑の餃子をぱくり。頬に手を当ててうっとりする人間がアニメの世界の外にもいると初めて知った。

「たまらない香りと食感。パクチーとタピオカ」

「じゃあ私もいただきまーす」

アンナは橙《だいだい》色《いろ》の餃子をぱくり。

「鮭《さけ》だ！　しかも天狗《てんぐ》サーモンだこれ」

「贅沢《ぜいたく》！　私も」

朋美が箸を伸ばして……その箸を取り落とした。

「あっ」

アンナはとっさにキャッチしようとしたが間に合わず、床に落ちてしまう。

「ごめん。テンション上がっちゃって」

朋美は手をさすりながら言った。

「わかる～！」

新しい箸をリンリンから朋美が受け取り、レインボー餃子に向き直る。

ややあって朋美が言った。

「さっきの話だけど。私は風真さんや栗田さんがアンナちゃんを裏切ることはしないと思うけどなぁ」

「私だってそう思う。だからこそ教えてくれないことがあると、もやもやする」

心に霧が立ち込めている気分だ。

「思い切って訊いてみたら？」

「うーん」

「ちょっと、怖い？」

「うぇっ。そんなわけ……」

朋美の透き通るような茶色い瞳《ひとみ》に覗きこまれて、アンナは否定の言葉を続けられなくなる。初対面の時に打ち明けられたが、朋美は人の嘘《うそ》を見抜く力を持っている。はぐらかしても無駄だろう。

「怖い……あるかも。情けないけど」

先日、アンナたちはジャーナリストの神田凪沙《なぎさ》の依頼で烏丸《からすま》という男と接触した。烏丸はクライアントの「不都合な事実」をもみ消す仕事人のような男で、凪沙が追う女性の不審死事件の隠蔽《いんぺい》に関与していた。

二日前、ネメシスチームは違法カジノでミッションに挑み、烏丸のスマホデータを手に入れることに成功。でも風真と栗田は抽出したデータの一部をアンナに隠した。そのことに気づいたアンナは二人の話を盗み聞きしてしまった。

わかったことは、烏丸の方もネメシスを調べていたこと。ヤマトという人物が依頼人であること。ヤマトはカンケンという団体に所属していること、風真さんと社長の知り合いらしいこと。

無意識に、肌身離さず首にかけているチェーンを握った。

「謎のデータが入ってるんだっけ。そのネックレス」

朋美が指さして訊いてくるので頷く。以前、朋美には話していた。父から預かっているネックレスの中に膨大なデータが隠されていることを。

「二人が隠してるのは、私自身の何かに関わることだと思う。だから怖い」

カジノ騒ぎの時、アンナは烏丸のボディガードの志葉《しば》という男に襲撃された。アンナのことを上司に依頼された調査対象だと言い、狙いはネックレスだとも言った。間一髪で撃退できたが、別行動を取っていた風真にその話はしていない。すれば否応《いやおう》なく秘密に近づく。自分はそれを知りたいはずなのに。

「弱気なのは私のキャラじゃないのにね」

「いいんだよ。弱い部分もアンナちゃんの一部なんだから」

「ありがと」

朋美の優しさにこわばった心がほぐれて、餃子を口に運ぶ。黄色の餃子は中にいなり寿《ず》司《し》が入っていた。二つの皮に包まれた白米はわさびがぴりり。美味。

「朋美ちゃんの言う通り、風真さんたちは理由があって隠し事をしているのかもしれない。だったら私は自分の力で、霧を晴らそうと思う」

「どうやって?」

「調べるの。探偵らしく」

「私も協力していい？」

「実はそのつもりで今日、呼んだの」

アンナは期待感と申し訳なさとを表情に浮かべる。

「もちろん喜んで。友達の頼みなら」

朋美の快諾にほっとする。でも慎重に続けた。

「話した通り私、狙われてる。一緒にいると巻き込まれる可能性がある。もちろん朋美ちゃんに手出しなんかさせないけど、絶対安全って言い切れない」

ましてや今日、アンナはあえて隙《すき》を作ろうと目論《もくろ》んでいる。敵をおびき出すために。本来なら一人で動くのがセオリー。なのに朋美に頼ってしまっている。

アンナの不安な説明を受け止めて、朋美は微笑んだ。

「大丈夫。友達を一人ぼっちにすることの方が私は後悔するから」

澄み切った声だった。アンナは胸の中で鐘が鳴ったように、じん、と震えた。

「……ありがとう」

「手がかりがあるの？」

「うん。これまで引き受けた事件に、たぶんヒントがある」

疑問符を浮かべている朋美に、アンナはネメシスが引き受ける依頼は栗田が選別していたことを説明した。

「社長の選考基準に理由があったはず」

「選考基準……か」

思案顔で朋美が藍色《あいいろ》の餃子——イチジクとザリガニミックス入り——を口に運ぶ。

「でも漠然としてない？」

「全部を眺《なが》めるとね。だから私が調べやすい一つに絞ることにした。児童養護施設あかぼし」

「それって確か、私が知り合う前に起きたっていう、詐欺《さぎ》事件の？」

ネメシスは、神谷節子《かみやせつこ》というあかぼしの中学生の依頼を受け、失踪した節子の兄、樹《いつき》を捜索したことがある。流れで、振り込め詐欺グループの摘発につながった事件だ。

「一度だけならまだしも社長はあかぼし関係の依頼を、その後にも受けてるの。ほら、朋美ちゃんも会ったでしょ？　中村《なかむら》三冠」

将棋を指す真似《まね》をしてアンナは言った。

「私も会った人ね。『豪将戦』事件の時の」

「実は中村三冠もあかぼし出身者だったんだよ。偶然とは考えにくい」

「手がかりはあかぼしにあるってこと？」

「今日行って園長に話を聞くつもり。朋美ちゃんにもいてほしい」

「わかった。ここから近いの？」

「ちょっと遠い」

車ならすぐだ。最初は上原黄以子《うえはらきいこ》に頼もうと思った。黄以子は〈磯子のドンファン事件〉で知り合って以降、ネメシスの協力者になってくれている、凄腕《すごうで》ドライバーだ。でも本業の医師の仕事も忙しいだろうし、朋美と違って「……襲われるかもしれない？　そう。私だけ惨殺されても、アンナちゃんは……逃げて、ね」とかネガティブ爆発になりそうだし。

「電車だと時間かかるから、奮発してタクシーかなぁ」

「ちょっと待ったー！」

厨房《ちゅうぼう》から猫のごとき素早さで出てきたリュウが、テーブルの横に立つ。

「話、半分は聞かせてもらったヨ。僕が車出すヨー」

「えっ、いいの⁉」

「しかも半分？」

「いいのいいの！　二人にはシーユートピアの出張販売で、手伝ってもらった借りあるヨ」

「でもリュウさん。私」

「悪い奴《やつ》に狙われてるならなおさら。盾になるよ」

どんと胸を叩く。

「アンナも強いらしいケド、こう見えて店長もカンフーの腕、なかなかよ」

リンリンが後ろからお墨付きを与える。

「でもお店は？」

「どーせ暇」

あっけらかんと言った。

アンナと朋美は、餃子と追加注文した七色チャーハンも平らげてから、リュウの車で出発した。

あかぼしに行く前にアンナは道具屋の星憲章《ほしけんしょう》のところに立ち寄ってもらうよう頼んだ。受け取る予定のものがあるのだ。

ほどなく車はジャック&ベティ近くの駐車場に着く。

「噂《うわさ》の道具屋さん？　会ってみたい」

朋美は興味津々だったが、星の性格を考えて「ごめん。また今度改めて」と手を合わせた。朋美は口を尖《とが》らせつつ、「じゃあ待ってる」と言った。

車を降りて映画館へ走り、受付で「地下一枚」と告げ、通用口を駆けていく。隠し扉のセキュリティシステムにはアンナも登録してもらったので、すんなり地下の階段を下った。

いつも通り作業台に星はいた。無表情をこちらに向けてくる。

「インドの、トンボ」

金網越しにポーズを取ると、星はぷははっと破顔一笑した。何がそんなに面白いのか謎だが、毎回ウケてくれるので気持ちいい。

「頼まれてたやつ」

プラスチックのケースを受け取り、中身を確認する。

「言われた通りの機能をつけておいた」

説明を受け、「さすが！　最高の道具屋さん！」と手を打つ。

星は即座に作業台に戻った。機関車のおもちゃのネジを巻いている。

「プラレール、じゃないですよね」

「機関車形の煙幕発生装置」

「面白そうっ」

「いる?」

「煙幕発生させたい時にまた来まーす」

リュウの運転は黄以子の百倍は安全運転だった。アンナには物足りない速度である。

「リュウさん、もうちょっと速度上げようよ」

ふだんのアクロバットさはどこに消えたのか。

「ダメダメ。欲速則不達《ユースーツーブーダー》。日本語だと急がば回れ、ね。生き急いじゃダメ」

「はーい」

なんだか大げさだなぁ、と思いつつ車を出してもらっている手前、アンナは素直に従った。

あかぼしに到着したのは、正午の少し前だった。

数ヵ月ぶりの来訪だったが、前回会った子どもたちが「らっぷのおねえちゃんだ!」と言って集まってくる。園長の要《かなめ》も庭に出てきた。

「園長さん、ご無沙汰《ぶさた》してます。いきなり来てすいません」

「いやいや、恩人の訪問はいつでも歓迎だ」

アンナたちを出迎えた園長の要はおおらかに言う。

「節子は友達と遊びに行ってるよ」

「そっかー。せっちゃん元気ならよかった。実は今日は園長に話が……」

背後で歓声が上がる。振り返るとリュウがバク転バク宙を決め、子どもたちを虜《とりこ》にしていた。朋美は子どもが苦手なのか、気後れ気味に立っている。でも「お姉ちゃんすごい、美人だー！」と女の子たちに迫られ、白いワンピースを男の子に引っぱられ、アハハ、と後ずさりしている。

「……あの二人は？」

戸惑う要に問われてアンナは、

「朋美ちゃんとリュウさん、です！」

明瞭《めいりょう》に答える。

「だれ？」

よりいっそう要を戸惑わせるのだった。

庭の喧騒《けんそう》を通り抜けて事務室に通される。廊下の壁には『中村三冠おめでとう』という見出しとともに写真と新聞の切り抜きが貼《は》られていた。

「話っていうのはなんだい？」

アンナは考えてきたセリフを切り出した。

「樹くんの事件の時、うちの社長だけがここに残っていた時間がありましたよね？」

アンナと風真が節子の案内でライブハウスや川原を巡っていた時間だ。

「あの時、社長は何してました？」

「何って……私や古い職員に話を聞いていたが」

「話？」

「ああ、最初は樹のことだったが、自然と昔話になっていたな」

要は顎《あご》を撫《な》でながら答える。あっ、と思い出した顔をした。

「そうだ。おたくの社長は美馬芽衣子《みまめいこ》のことを知っていた」

「ミマメイコ？」

「君は聞いてないのか？」

「ミマっていう人も、ここの子どもですか？」

横から朋美が口を挟む。

「もうずいぶん昔のことだよ」

要が言う美馬芽衣子という人物は、三十年以上前に親を亡くして引き取られたという。

成人し、自立してからもたびたび顔を見せにやってきていたそうだが、二十年ほど前にぷつりと音信が途絶えてしまったらしい。

「その人のことを栗田さんが調べていたってこと？　なんでだろう」

朋美がアンナにささやく。アンナは少し考えてから言う。

「芽衣子さんが事件に巻き込まれたっていう可能性はありませんか？」

要は目を瞬《またた》かせる。

「ううむ。同じ質問を栗田さんにもされたのだが？」

「……あーっと、テスト！　テストなんです」

「テスト？」

「助手の私が聞き込みをできるか、テストだ！」って今日は送り出されたんですよ〜。社長が訊いたのと同じ質問ができないと給料カットだって。ブラックすぎますよね。探偵ハラスメント。タンハラですタンハラ」

適当にまくしたてると、牛タンとハラミが脳裏に浮かんでしまった。謎を解いてすっきりしたら、夜は焼き肉にしよう。

「そういうことなら全部話すけど」

訝《いぶか》しそうではあったが要は笑みを浮かべた。

「芽衣子はいなくなる直前、『もうすぐまとまったお金が入るから楽しみにしていて』と言っていたんだ」

まとまったお金が入る——。

「犯罪などではないから安心して、と言っていたけどな。後から思うと虫の知らせのようだった」

「音信不通になってそれきりですか？」

朋美が訊ねると、要は首を傾けた。

「芽衣子が来なくなって、七年は経《た》った頃。男がここにやってきたんだ。芽衣子の遠い親《しん》戚《せき》を名乗って、荷物は残っていないかと」

「怪しいですね」

「ああ。だが、態度は紳士的で、芽衣子のことをよく知っていたし、不審者とも言い切れなかった」

「荷物を渡した？」

要は首を横に振る。

「荷物なんて残ってなかったんだよ。そう言うと男はすぐに立ち去っていった」

「どんな男だった、とかは」

「いや〜、栗田さんにも訊かれたが、もう十年以上前のことだ。覚えていない」

「ですよね」

美馬芽衣子。自分につながる秘密の鍵《かぎ》を、彼女がきっと握っている。

庭に戻ると、リュウが猿のようにすいすい木に登って、枝に引っかかったボールを取っていた。またしても子どもたちから歓声が上がっている。

「ねぇアンナちゃん」

朋美の声に後ろを振り返る。朋美は発言を躊躇《ためら》う素振りで伏し目がちだった。

「朋美ちゃん？」

「私、ちょっと気になることに気づいたんだけど」

なぁに？と問いかけると朋美は屈《かが》んだ。小枝を拾って庭の砂に『美馬芽衣子』と漢字で書く。

「失踪した人が美馬芽衣子。それから」

続いて『神田凪沙』と下に記す。

「神田凪沙さんと会ってから風真さんの様子がおかしかったって、言ってたよね？」

「う、うん」

「二人の苗字《みょうじ》を見て。一文字目」

「一文字目？」

無意識にアンナも屈んで目線を落とす。美馬の『美』と神田の『神』。続けて読むと。

「美神……え？」

「アンナちゃんの苗字になる。ただの偶然かな？」

「偶然に決まっ……」

決まっている、とは言えなかった。

＊

風真と栗田が待ち伏せていた駐車場に一人の男が入ってきた。栗田がハットに手をやる。

「ターゲットのおでましだ」

駐車場に入ってきた男を風真も確認し、二人は降車する。相手が気づいて足を止めた。

「久しぶりです。大和さん」

一瞬、目を細めた大和猛流はすぐに微笑を浮かべた。

「久しぶりだな、風真。栗田さんも。どうしました？」

「大事な話があります。立花先生の失踪事件のことで」

一瞬の間を置いて、大和は頷いた。

「ぜひ聞かせてもらうよ」

風真は席に着いて正面から大和と向き合った。五十代も半《なか》ばだというのに、大和の印象は二十年前から変わらない。風真のように童顔というわけではない。瞳だ。大和は少年のような潑剌《はつらつ》さを瞳に宿している。だが。

先ほど合流して風真の隣に着座したジャーナリスト神田凪沙、斜め向かいで足を組む栗田を交互にうかがう眼光には、「あの頃」にはなかった剣呑《けんのん》さと、暗い影が見えた気がした。

「大和さん、改めて今日はお呼び立てしてすみません」

風真たちがいるのは横浜中華街の裏路地にある雀荘《ジャンそう》兼喫茶店『緋色《ひいろ》』。大和と待ち合わせた栗田と風真は、彼をこの店に連れてきた。大和は大人しく同行した。

「いいんだ。午後に近くで学会があるからね」

傍《かたわ》らに置いた鞄《かばん》を軽く叩く。中に学会資料が入っているのだろう。

「それより風真、探偵として活躍してるらしいじゃないか」

「ええ、おかげさまで。どうにかこうにか」

探偵事務所ネメシスには、難事件を次々と鮮やかに解決する名探偵がいる。その名は風真尚希――。

あくまで拡散されているのは風真の名だ。陰《かげ》で本当に謎を解いている助手、美神アンナの名前は表には出ていない。初めて本格的にアンナがその頭脳を開花させた磯子のドンファン事件。澁澤火鬼壱《しぶさわほきいち》という大富豪が密室で殺され、六人の恋人＋α《アルファ》が容疑者となった事件だった。以降、徹底して風真と栗田はアンナが目立たないようにと苦心してきた。彼女を守るために。

大和は色褪《いろあ》せたソファ席に深くもたれる。目の前には湯気を立てるコーヒー。

「栗田さんも久しぶりです。それから……」

「神田凪沙です。姉がお世話になっていました」

凪沙は静かに名乗る。

「テレビでは拝見したことが。間近で見ると水帆さんにそっくりだよ」

「凪沙さんには今回、先生の行方調査に協力してもらっています」

「新たな手がかりを摑《つか》んだのか？　こういう、いかにも趣のある店に呼びだすなんて」

少しおどけて大和が言った。

「俺たちの貸し切りだ」

栗田がコーヒーカップを手にして言った。

「コーヒーは俺が淹《い》れた」

「相変わらずの伊達男《だておとこ》っぷりですね」

「生まれつきだ」

晴れやかに栗田が言った。大和は手元のカップを見てふと思い出したように言う。

「二つのコーヒーを用意し、片方にバーボンを少々。カップの隣の灰皿には煙草を一本」

「え?」

と、戸惑う風真をよそに栗田が口角を上げる。

「ロング・グッドバイだな」

確か栗田が飼い犬に名前をつけるぐらい敬愛する探偵、フィリップ・マーロウが登場する作品だったはず。風真は栗田から「必読の書だ」と勧められたが、半分もいかず挫折《ざせつ》した記憶がある。

「ええ」

大和は栗田のコーヒーカップを見て頷く。

「意外だな。ばりばり理系って雰囲気のあんたが?」

「立花先生に勧められたんですよ。先生に勧めたのはあなただと聞きました。栗田さん」

「学生の頃だな」

懐かしそうに栗田が言う。

「あいつが徹夜の研究とやらでコーヒーをがぶ飲みしていたから、『コーヒーは丁寧に淹れて、もっと味わうべきだ』と。『眠気覚ましのために飲むコーヒーの味なんてどうでもいい』と反論してきやがったから、フィリップ・マーロウに学べと本を押しつけた」

「そして今度は先生から私が押しつけられた」

「人はそうやってつながってくんだな」

「お二人は正反対のように見えますが、ロマンチストなところが似ている。私には理解できない世界だ」

大和は苦笑してから言った。

「立花教授は見つかりそうなんですか？」

風真は身を乗り出した。

「ええ。私たちはいくつか手がかりを手に入れました」

「ほう」

「先生は拉致《らち》された。犯人は二十年前に『GE10.6』を盗んだのと同一人物だと私たちは考えています」

「何者だね？」

「将来有望とされた遺伝子学者です」

凪沙が言って、菅容子《かんようこ》の写真をテーブルに置く。もっとも二十年以上前の写真だ。大和の顔色は変わらなかった。

風真は続ける。

「と言っても二十年近く前に表舞台から消えています。私たちは消息を調べるために彼女の出身校、デカルト女学院を調べました」

「デカルト女学院？　男子禁制、秘密主義の箱庭と噂に聞くが。よく潜り込めたな」

「二ヵ月前にデカルト女学院内で起きた殺人事件の調査をしたんです。その際知り合った内部関係者に話を聞けました」

ちら、と栗田をうかがう。潜入捜査の裏で情報収集をしたのは栗田だ。

「菅容子は卒業後まもなく、遺伝性大脳変性症、通称HSCMを発症していたそうです。大和さんもご存じでしょうが、未《いま》だ治療法の確立はおろか原因となる遺伝子も定かではない難病です」

症状は手足のしびれに始まり、進行すれば五感の麻痺《まひ》、視野狭窄《きょうさく》、歩行困難などを引き起こし、死に至る。

「なるほど。ＨＳＣＭの患者で遺伝子学者ならば、立花研究室のデータは喉から手が出るほど欲しいだろうね」

コーヒーに大和は口を付けた。

「次にブランド鮭、天狗サーモンの養殖場の社長が殺された事件です」

天狗に翻弄《ほんろう》された挙句、海の藻屑《もくず》とされそうになった羞恥《しゅうち》と恐怖がよみがえり、風真はわずかに身震いする。

「犯人は、ゲノム編集技術の知識があり、遺伝子操作した鮭を作り出していた」

「それで？」

「逮捕された後、その犯人からも話を聞けました。証言によると、菅容子から、彼女が設立した研究機関に来ないかと勧誘されたそうです」

「調べても表には出てこない、裏の研究機関です。おそらく二十年前から密《ひそ》かに存在していた」

凪沙が言った。

「つまり二十年前に『GE10.6』を盗んだのは菅容子だと？」

「もちろん実行犯は別にいます。その人物は二十年前から菅容子と通じていた」

風真は一息に言う。

「あなたですね？　大和さん」

大和は苦笑してみせる。

「おいおい。冗談はやめろ」

栗田がスマホをテーブルの上に滑《すべ》らせた。表示されているメールを見た大和が眉《まゆ》を上げる。

「烏丸という男に、俺たちを探るよう指示したメールだ。送り主のアドレスは〈yamato@k-labo.com〉。烏丸がカジノの摘発騒ぎで行方不明になった直後に削除されたが、あんたのアドレスだろ？」

「ヤマトという文字だけで決めつけるんですか。私は萱研《かんけん》も烏丸などという男も、知りませんよ」

「今、なんて言いました？」

凪沙が問う。コーヒーカップを持った大和の動きが止まる。風真は静かに言う。

「大和さん、失言でしたね。私たちはさっきから一度も『萱研』という略称は口にしていません。なぜご存じなんです？」

刹那《せつな》、大和の目が泳いだ。

＊

「アンナちゃん、どうしたー？　暗い顔して」

往路と同じのろのろ運転の車の中、リュウが言う。

「うん、ちょっとね」

美神アンナという自分。

美神始《はじめ》という父。

朋美の指摘で、揺るぎなかった「当たり前」が急に作り物になったように感じていた。

気のせい？　考えすぎ？　でも。

赤信号で車が停《と》まると同時に、無意識につぶやく。

「私ってなんなんだろう。よくわからない」

リュウと後部座席の朋美が気づかわしげにアンナを見る。

「みんな、自分のこと、よくわかんないヨー」

明るい声でリュウが言った。顔を上げるとリュウは身振り手振りをつけて語る。

「僕は中国人、けど日本に住んで、日本語しゃべる。何者？　よく言われる。けど僕は僕、そうとしか答えられない。ただ、料理好き。体動かすこと、好き。そういう人間」

「リュウさん……ありがと」

私も私。だけど、こういう人間だと言い切る自信が今はない。

「アンナちゃん、やっぱり風真さんたちと話してみたら？」

朋美の言葉に「そうだね」と頷く。

リュウが車をネメシス事務所の前の路肩に停める。途端、頭の上で、バン！　と激しい物音がして車体が揺れた。きゃあっ、と朋美が悲鳴を上げた。

黒い塊《かたまり》がボンネットに着地した。着崩した黒いスーツの男がフロントガラス越しに車内に手をゆらゆら振っている。

「あっ⁉」

リュウが驚きの声を上げ、アンナは息が止まった。

「志葉！」

烏丸のボディガードだった男だ。にやけ顔はアンナを見つめている。

「ちょっと、だれ⁉　降りて」

リュウがドアに手をかける。

「待って。そいつの狙いは私」

「じゃあなおさら、放《ほ》っとけないね！」

リュウが降車する。アンナも朋美に「朋美ちゃんは出ないで」と言ってから続く。

「よー。ミス・カラリパヤット」

ボンネットの上からアンナを見下ろす志葉が言った。

「そんな名前じゃない。またやられに来た？」

強気に言い返す。見下ろす志葉は「言ってくれるねぇ」と額を撫でて笑った。

「リターンマッチ受けてくれんのかい？」

アンナは首のチェーンを隠すように襟を整える。

志葉は車の前部に飛び降りると指を鳴らした。アンナとリュウに挟まれながらも余裕の笑みを浮かべている。

アンナはすーっと呼吸を整え、最大限の警戒心を全身にみなぎらせた。志葉は近接格闘術の使い手。スキルはアンナより数段上。前回勝てたのは場の条件がそろっていたからだ。

「だれだか知らないけど、女の子に暴力、許さないヨ！」

「おまえは？」

「リュウ楊一。はじめまして、よろしく！」

叫び、リュウは右足を後ろに伸ばして左掌《ひだりてのひら》を志葉に突き出す構えを取る。弓歩の構えというやつだ。

「お？　カンフー？」

志葉がネクタイをゆるめた。

「リュウさん気をつけて。こいつ強い」

アンナは腰を屈め頭上で両手を組む。カラリパヤット、〈蛇の型〉《サルパ・バディブ》。志葉がリュウの攻撃に意識を割《さ》いたところを、搦《から》め手《て》から突く。二人がかりの優位を生かすのだ。

妙な構えをした二人と、挟まれている男。通行人が遠巻きに通り過ぎる。志葉が悠然と空を見上げ——電光石火に動いた。

アンナの首に右手が伸びる。体をくねらせて躱《かわ》し、下方から攻めかかる。逆サイドからリュウが拳《こぶし》を放つ。ノールックで志葉がリュウの拳を躱し、同時にアンナの顔を蹴《け》り上げようとする。瞬時に飛びのいたアンナの頰を、つま先がかすめる。

リュウが二打目を打つ。紙のようにはらりと体を捻《ひね》った志葉はカウンターでリュウの腹部に拳を入れた。呻《うめ》きながらもリュウは腹に刺さった拳を抱《かか》え、体を半回転した。四肢が瞬《また》く間《ま》に志葉の腕に絡みつく。さながら鉄棒の「豚の丸焼き」状態になった。

「おっ？」

左腕に人一人分の錘《おもり》が付いて、志葉がバランスを崩す。アンナはすでにハイキックの動作に入っていた。気合の声とともに蹴り上げる。ずん、と重い足ごたえ。

「……っ！」

アンナは歯を食いしばる。アンナの蹴りがクリティカルヒットしたのは、リュウの背中だった。志葉は力任せに腕を引き戻し、リュウを盾にしたのだ。

「即席の連携にしちゃ、やるな」

志葉がリュウを振り落として肩を回す。アンナはすばやく〈獅子の型《シムハ・バディブ》〉で構え直した。

「待て待て。今のは軽い余興だ」

志葉が両手と口角を上げた。

「今日は拉致りに来たんじゃねぇよ。デリバリーだ」

にやついたまま志葉は胸ポケットからスマートフォンを取り出す。画面上に人の映像が再生されている。

「やるよ。面白いもんが中継中だ」

放り投げられたスマホを受け取る。

隙あり、とばかりにリュウが倒れた状態からローキックを放った。志葉はひょいと躱してボンネットに飛び乗る。

「またすぐ会えるぜ」

アンナに言い、車中の朋美にウィンクすると、車の上を走り抜けて去っていった。

アンナは目を細めて、手元の画面を覗いた。

＊

失言で固まった大和に、風真は追い打ちをかける。

「大和さん、あなたの罪は窃盗や拉致だけではない。十九年前、この女性を被験者に違法な実験を行いましたね？」

ポケットから取り出したのは美馬芽衣子の写真だ。

「美馬芽衣子さん。私の姉、水帆と同じ事故で亡くなりました」

淡々と凪沙が言う。

「看取《みと》ったのは俺と風真だ」

栗田の一言に大和の頬がぴくりと動く。

風真は膝《ひざ》の上で拳を握った。

十九年前、ひどい雨の日。美馬芽衣子は軟禁状態にあった菅研究所から逃走した。

「医療用廃棄物トラックの積み荷に紛《まぎ》れ込《こ》んで逃げたそうだ」
四、五十分後、信号待ちで停車中のトラックを降り、電話ボックスを探して駆けこんだ。研究員が口にしていた「立花始教授」という言葉を頼りに電話帳で立花を見つけ電話をした。緊急事態を直感した立花と水帆は電話ボックスに駆けつけ、芽衣子を保護した。が、菅研究所の車が現れ、猛スピードで追跡される。
つづら折りの道でスリップした立花の車はガードレールを突き破り、大破。連絡を受けて駆けつけた栗田と風真は、走り去る黒いミニバンを目撃していた。

「二人の女性は即死だったよ。運転していた始だけが、怪我《けが》で済んだ」

その言葉が嘘だということを当事者の風真は知っている。大和に悟られてはならない嘘だった。

「亡くなった芽衣子さんは妊娠していた。事故の直前、菅研の名と、自分が被験者にされたことを語ったそうだ」

栗田が苦々しく言う。菅研を探る長い旅の始まりだった。

「単刀直入に伺います。大和さん。菅研は彼女に盗んだ『GE10.6』を着床させましたね？　ゲノム編集された受精卵を」

「大金で美馬さんを唆したんでしょう。きっと被験者は他にもいた。たとえば二年前埼玉の山中に遺棄された恵美佳《めぐみみか》さんのように、命を落とした人も」

厳しい声で凪沙も言う。大和は腕を組んだ。

「証拠は？」

風真は身を乗り出す。

「美馬芽衣子さんが亡くなった七年後、あなたはあかぼしに行きましたね？　七年も経ったのは美馬さんの出身施設を把握していなかったからでしょう」

事実、風真たちが突き止められたのも、神谷兄妹《きょうだい》の事件が舞い込んだからだった。

「自分たちにつながる証拠が残されていないか様子をうかがったのでしょうが、用心深さが裏目に出ましたね。あなたはその時に顔を目撃された」

「なんだって？」

「十年以上前だからと高をくくってたんだろうが、当時あかぼしには将来有名棋士となる天才小学生がいた。当時から尋常じゃない記憶力の持ち主でな」

栗田が言うと大和はジャブを打たれたような顔をする。

「……中村勇気《ゆうき》か」

「正解。彼に訪ねてきた男がこの中にいるかと数枚の写真を見せたら、迷わずあんたを選んだよ」

大和が諦めたような顔でコーヒーをすする。そっとカップを置き、そして、声を出して笑った。

「つまらないミスをした。その通り。私だよ。ネメシスを監視するよう烏丸に依頼したのも、二十年前に『GE10.6』を盗んで、美馬芽衣子を代理母に仕立てたのも」

「大和さん……」

わずかに風真の中にあった、間違いであってほしいという願いが崩れ去る。凪沙が続けた。

「菅研は今でも非合法な研究、臨床実験を続けているのでは?」

「ノーコメント、としておきましょう」

「ふざけないでください」

「ではどうします? 私を告発しますか?」

大和は足を組み、凪沙、栗田、風真を順々に見やる。

「菅研の行いが世間に公表された場合、一番傷つくのはだれでしょうね?」

風真は息を呑む。

「ん? いったいなんのことだ?」

栗田が飄々《ひょうひょう》と言った。

「とぼけても無駄です。美神アンナ……いや、立花アンナが本来の名前でしょうか」

「うちの助手ですね」

風真もあくまでしらを切りとおすつもりで言った。

栗田と事前に打ち合わせていたことだった。萱研がアンナを怪しんでいる可能性はある、でも決定的な秘密を握られるようなミスは、犯していない。大丈夫なはずだ、と。

声が震えないように腹に力を入れる。

「あいつが傷つく？　意味がわかりません」

「嘘が下手だな、風真。我々はもう握っているんだよ。美神アンナの秘密を」

思わず栗田と視線を交える。

「美馬芽衣子が即死というのは嘘だ。本当は息があった。お腹《なか》の子も生きていたんでしょう」

大和の目の暗い火がちらちらと燃える。

「美神アンナの父親が行方不明だそうですね。立花先生のことだ。つまり彼女は先生の娘」

「それは……」

「だとするとなぜ先生は美神という姓を名乗っているんだ？」

大和は白々《しらじら》しい疑問符を顔に浮かべていた。風真は背中に汗が伝うのを感じる。場の攻守が完全に逆転していた。

「美神アンナは自分になぜ母親がいないのか、なぜ生まれた時から海外暮らしなのかも、知らされていなかったんだろうね？　決して明かされてはいけない秘密だから。そう、彼女こそ瀕死《ひんし》の美馬芽衣子が産んだ子ども。『GE10.6』の受精卵から生まれた、世界初のゲノム編集ベビーだから！」

太く響く声を大和が発した。風真も、栗田すら否定の言葉をすぐ口にできなかった。

「道理で助手を表に出せないはずです」

「……妄想で語ってんじゃねぇ。アンナはただの」

「無理ですよ、栗田さん。私は証拠を握っている」

「証拠だと？」

「ネメシスがこれまで解決した事件は、風真ではなく美神アンナが謎を解いている。でしょ？」

胸を貫《つらぬ》かれたような衝撃だった。

「なぜそのことを」

「風真っ！」

栗田に怒鳴《どな》られハッと口を噤《つぐ》むが遅かった。

「今度はそっちが失言だな」

大和が愉快そうに言う。

「美神アンナを守っているつもりだったんだろうが、存在を隠そうとした時点で怪しまれるのは必然だ」

「違う！」

「彼女はこの上なく貴重なサンプルだ。おまえたちには疫病神だろうがな」

アンナがサンプル？　疫病神？　その言い草で頭が沸騰する。

「このっ」

大和に摑みかかる風真を後ろから栗田が押さえつけた。乱れた襟を整えた大和は凪沙に向き直る。

「もし萱研を記事にでもすれば、否応なく美神アンナは好奇の目にさらされる。禁断の実験が生み出した子としてね。マスコミの残酷さ、世間の愚かさをあなたはよく知っているはずだ。あぁ、もしかしたら受精卵の提供者であるお姉さんまでいわれのないバッシングを受けるかも」

凪沙は鋭く大和を睨《にら》みつけるが、反論の言葉は出ない。

「話は以上ですね。学会に遅れてしまうので、私はこれで」

大和は踵《きびす》を返した。が、ドアの前で振り返る。

「我々は必ず美神アンナを手に入れますよ。せいぜい頑張って守ってください。では」

バタン、とドアが閉まる。カラン、カラン、と揺れるドアベルの余韻が不吉だった。

「くそっ」

風真はテーブルに両掌をつく。

「アンナちゃんがゲノム編集された子どもって、本当なの？」

まだ事実を伝えられていなかった凪沙は顔色を変えていた。

「そんな重大なことを十九年もの間、ずっと隠していた？」

「水帆さんとの約束だったんだ！」

雨の打ちつける産院。処置室のベッドに担ぎ込まれた二人の女性。風真は水帆に付き添っていた。産院の老医師は立花の友人だったが、事故間際に破水した芽衣子の出産で手が離せなかった。仮に手が足りていても結果は変わらなかっただろう。車の激突で水帆は内臓破裂し、息も絶え絶えだった。

風真は顔の血と泥を懸命に拭《ぬぐ》うことしかできなかった。

——私はもうダメ。死にたくないのに。

初めて聞く彼女の弱音に、風真は何も応《こた》えられなかった。

──美馬さんと、赤ちゃんを守って。風真くん……。

水帆の最期《さいご》の声だった。


「落ち着け、二人とも」

栗田が言い、コーヒーを喉に流し込んだ。

「宣戦布告なら上等だ。仕切り直すぞ」

その時だった。カラン、と激しい音がして入り口のドアが開いた。大和が戻ったのか、と目を向けた風真は呆然《ぼうぜん》となった。まるで理解できない。なぜ、ここにいるんだ。

「アンナ……」

栗田がつぶやくのが聞こえ、風真は自分が幻を見ているわけではないとわかる。

アンナは三人を順番に睨むように見つめた。手に見慣れないスマートフォンを持っている。

「風真さん。今の話は本当？」

「え？　今のって」

「大和っていう人と話していたことは本当なのかって訊いてるの！」

スマホを床に投げて叫ぶ。聞いたことのないアンナの叫び声と形相に風真はたじろいだ。凪沙がスマホを拾って、「えっ」と声を上げる。画面にはこの場所が映っていた。

栗田がハッとして大和の座っていた席に駆け寄る。鞄が置きっぱなしだった。取り上げてファスナーを開く。風真も覗きこんだ。入っていたのは学会の資料などではなく、黒いカメラだった。レンズは鞄に空いた小さな穴から外を写している。つまり先ほどまでの、すべての会話は撮影され、アンナの持っていたスマホに中継されていた……。

「烏丸のボディガードだった志葉が届けに来た。あいつの本当の上司は大和って人だったんだね。ねぇ、ゲノム編集ベビーってなに？　全部話して」

聞かれてしまった以上、もうごまかしようがない。だがこんな形で知られるなんて。腹の底から湧《わ》き出《で》る後悔の波が際限なく風真を襲った。

「事務所で話す」

栗田が言った。

「俺たちの知ってること全部な」

怖いほど厳格な表情でアンナは頷いた。

＊

栗田がネメシス探偵事務所の社長室にある、スロットマシンの前に立った。風真は後ろに立って隣のアンナの表情をうかがう。殺人事件の現場でも飄々としている彼女らしからぬ険しいものだった。一緒にいるのは凪沙だけだ。アンナと行動を共にしていた朋美とリュウは、『緋色』の前で帰らせた。アンナの親友の朋美は不服そうだったが、部外者に軽々しく話せる内容ではない。アンナが「あとで連絡する。約束する」と説得して渋々《しぶしぶ》折れる形だった。

栗田がスロットマシンのレバーを引くと背後の壁が動き、畳二畳強の隠し部屋が現れる。

「こんな部屋、あったんですね」

皆で足を踏み入れる。隠し部屋の壁には菅研に関する資料、関係者の写真がピン留めされ、糸でつながっている。

中央に留められているのは美神——立花始の写真だ。

「俺から話すよ。二十年前のこと」

風真は言った。

アンナに向けて順を追って話をした。立花研究室のこと。ゲノム編集実験の成功。盗難事件。研究室の解散。一年後に起きた菅研が絡んだ事故。死亡した二人の女性と、産み落とされた赤子。

自らの心の傷を抉《えぐ》るような話だったが、アンナに話すことは自分の責務だと思った。

壮絶な出産の話が終わると、栗田が口を開いた。

「おまえの父親は始。母親は研究に卵子を提供した神田水帆と代理母の美馬芽衣子。——始は言った。『俺はこの子を一生守る』と」

十九年前の産院。命と引き換えに美馬芽衣子が産んだアンナを抱き、立花始は誓ったのだ。窓の外では雷が轟《とどろ》いていた。自分の過ちがきっかけで生み出された命。どれほど悲壮な覚悟だっただろうか。風真にも、親友である栗田でさえかけられる言葉はなかった。

「始は海外で暮らすことを決意した」

「私がゲノム編集ベビーだとわかれば、世間は大騒ぎになるから?」

抑揚《よくよう》のない声でアンナが言う。もちろんそれは大きな理由の一つだ。大和の言うとおり、遺伝子操作された子どもなど、好奇の目にさらされるに決まっている。

「アンナを守るためだ。赤ん坊が生きているとわかれば菅研が追ってくるかもしれない」

痛みに堪えるようにアンナが目を閉じる。

「先生とアンナが日本を出た後、俺は探偵をやめて職を転々とした。先生は『犯人捜しはもういい』と言ったけど諦めきれなかったんだ」

いつか調査が再開した時に探偵として役に立てるように、と、風真はあらゆる職種のスキルを身につけ、人脈を広げていった。冷静に考えれば無意味なことかもしれない。それでも自分ががむしゃらに動かなければ、悲劇が忘れ去られてしまいそうで、それが、許せなかったのだ。

「用心深い始は一度も日本に帰らなかったが、お母さんが亡くなったことで去年、帰国した」

アンナの祖母は、息子と孫の秘密を知ることなく息を引き取った。

「そして萱研に拉致された」

「なんで今頃?」

凪沙が問いかける。

「二十年経った今も、どの研究所でも先生の功績に追いつけていないんです。萱研の目的は先生の研究データだと思います」

風真は壁に貼られたHSCMの症例を記した資料を指さす。

「先生の研究データを手に入れればＨＳＣＭだけじゃない、遺伝子情報の解明、改良まで飛躍的に進歩する可能性がある」

美神始失踪事件に相対して「時計の針が動き出したか」と栗田は言った。だが風真は否定した。時計の針はずっと動いていたのだ。

「俺は事件を洗い直すため事務所の『表の顔』を風真に任せた。依頼という形で舞い込む真相の断片を一かけらずつ、つないできた」

栗田が壁の糸をピンと弾《はじ》いて言う。隠し部屋を造り、事務所の名前も変えた。

「ネメシスは正義の鉄槌《てっつい》を司《つかさど》るギリシャ神話の女神。始を捜し出し、水帆さんと芽衣子さんの無念を晴らす。そんな思いを込めたんだ」

アンナが始の写真に吸い寄せられるように近づく。次に横につながる二人の女性を見つめる。

「おまえの二人の母親だ」

「……私の」

「理由はわからんが、菅研はアンナが先生の娘だと感づいた。推測だが、始は菅研への協力を拒《こば》んでる。始を脅すためにアンナを狙うだろう」

「もう狙われたけどね」

アンナがひどく冷めた声で言った。

「目的は脅しだけじゃない。私のネックレスに入っているっていうデータも、菅研にとって必要みたい」

「もしかして、先生が万が一のために残していった？」

風真が顔色を変える。と、アンナが壁の写真から向き直った。ゾッとするほど無表情だった。

「こんな大変なこと内緒にしてて、社長も風真さんもつらかったでしょ。私なんかのために。水帆さんや芽衣子さんが死んだのも、風真さんが研究者の道を諦めたのも、全部私のせい。私が生まれてきたせい」

「違う……」

「違くないでしょ！」

体を震わせてアンナが叫んだ。

「私が生まれたからみんなの人生が狂ったんじゃないの？　っていうか、世界初のゲノム編集ベビーって？　何それ。生まれてきたらダメなやつじゃん。ふつうの人間じゃないもんね。大和の言う通り、疫病神じゃん！」

すさまじい剣幕に皆、言葉を失った。その間隙《かんげき》を縫ってアンナが部屋を飛び出す。

「待てアンナ！」

あっという間に事務所から出たアンナは雑居ビルの階段を駆け下りた。風真たちも慌てて追って外に出る。が、もう姿が見えない。

「手分けして捜すぞ！」

「はい。凪沙さんはあっちをお願いします」

三人は散り散りに走り出した。

＊

伊勢佐木長者町《いせざきちょうじゃまち》駅から横浜市営地下鉄に乗ったアンナは、ドア付近にもたれて屈みこんだ。いつ菅研が狙ってくるかわからない。一人で行動しない方がいい。頭では理解しているが、頭だけでは受け入れられない現実を知ってしまった。

自分は生まれてきちゃいけない人間だった。たくさんの人を不幸にした。なのに生きている。のうのうと今日まで。

動けない体が地下鉄に運ばれていく。自分の心が暴《あば》れて、体を離れたがっている。苦しい。怖い。申し訳ない。逃げたい。今まで縁のなかった感情が打ち寄せる。

どうしてこんな私を育てたの。お父さん。

目を閉じた。列車の揺れを激しく感じる。瞼《まぶた》の裏にゆらりと記憶が浮かんだ。

子どもの頃、父に初めてインドの遊園地に連れていってもらった。大人も子どももはしゃぎまわっていて、そんな空間にいるだけで心が躍った。

フリーフォールやウォータースライダーなど、絶叫マシンがいくつもある遊園地で、アンナがそのスリルに病みつきになると、「お父さんに似たな」と父は誇らしげに笑っていた。

ウォータースライダーでびしょぬれになって、お昼ご飯を食べた後に、観覧車に乗った。なぜか二周回転する観覧車だった気がする。

——遊園地って楽しいね。

アンナは言った。今日一日ずっとワクワクしてるよ、と。

——この世界はワクワクするもので溢《あふ》れてるんだ。

父は言った。ゴンドラの窓から遥《はる》か遠い地平線を眺めて。

——アンナにはワクワクにたくさん出会ってほしいんだ。お父さんはそんなアンナを見ていると幸せになるから。

——シアワセ？

——ああ。アンナがいるからお父さんは毎日幸せなんだよ。

幸せ。あれは嘘だったんだ。

父は呪《のろ》われた一人ぼっちの赤ちゃんを哀《あわ》れに思っただけ。あるいは自責の念か。

私はお父さんの足かせで、疫病神で、いらない子どもだったに違いない。

「嘘つき」

疫病神を抱えて人生が狂って、幸せだったはずがないじゃないか。

地下鉄の片隅で何度も記憶を振り払おうとする。でもにぎやかで暖かな遊園地の景色は、父の笑顔はいつまでも消えてくれなかった。

＊

風真は疲弊して事務所に帰還した。待っていた栗田と凪沙の表情も暗い。アンナの行方はわからないまま夜になっていた。

「ダメです、全然見つかりません」

「こっちもだ。心当たりは全部当たったが」

アンナの親友の朋美、医師の黄以子、道具屋の星、ＡＩ開発者の姫川《ひめかわ》、神奈川県警のタカとユージに、Dr.ハオツーのリュウ、マジシャンの緋邑晶《ひむらあきら》……。片っ端《かたぱし》から連絡して捜索してもらっている。だが現時点で快報はない。

凪沙が思い切るように言う。

「菅研に拉致されたってことは？」

「アンナが易々《やすやす》と捕まるとは思えないけど」

でも、絶対ないとは言い切れない。志葉は相当な強さらしいし、多人数に襲われたらカラリパヤットでも限界があるはず。アンナの身にもし何かあったら……。

「俺たちが、隠していたせいで」

「バカタレ」

言葉少なに栗田は風真の背中を叩く。スマホに着信があったのはその数秒後だった。発信者は姫川烝位《じょうい》。

「もしもし姫ちゃん。アンナが来た？」

姫川は風真の前のめりな声に小さくため息を返してくる。

『来ていません。少し落ち着いてください。慌てても見つかりませんよ』

「ごめん」

二十歳以上年下の元教え子にたしなめられ、風真は頭を掻《か》いた。

『即席でアプリを作りました。風真さんに送ります』

「え？　アプリ？」

傍で聞いていた栗田と凪沙も反応している。

『捜索を頼んでいるお知り合いたちにインストールしてもらってください。捜索した場所と時間がマップに記録され、共有できます。同じ場所を捜したりヒューマンエラーで見落としたりしなくて済みます』

「そんなアプリ、わざわざ作ってくれたの？」

しかもこんな短時間で。

『デカルト女学院の事件で作ったものよりよほど簡単です。これぐらい』

姫川は淡々とした、それでいて自信に裏打ちされた声音で言った。

「ありがとう。頼んでもいないのに」

「電話の風真さんの声を聞いて切迫していることはわかりました。僕もあの子のこと心配ですし」

風真は目をぱちくりさせ、スマホを思わず見つめてから言う。

「姫ちゃんが人を心配して動くなんて！」

「『人間には良心ってものがあるんだ』なんて僕に説教したのはだれでしたっけ？」

かつての自分の熱弁を思い出し、恥ずかしくなる。

「僕にもそれなりに良心はあるようですよ」

他人事《ひとごと》のように姫川は言ってのけた。

風真はすぐに送られてきたアプリ『美神アンナを捜せ』を、捜索を頼んだメンバーに送った。

不安は消えないが、自分には心強い味方たちがいるということを実感しながら。

*

ガレオン船を模《も》したゴンドラが水面すれすれを走る。雄大な音楽が鳴り響き、水しぶきがあがる。シーユートピアのスプラッシュ・バイキングは今日も大人気だ。

スプラッシュ・バイキングに一番近いベンチに座ったアンナは、ぼんやりと景色を眺めている。午後の遊園地に溢れる歓声。人々の醸《かも》し出《だ》すポジティブな空気の濃度が、高い。

だからいっそうアンナは自分の孤独が浮き彫りになる気がした。

指先が冷えて、上着のポケットに手を入れた。中には昨日から丸まっているレシートと、シーユートピアのチケットの半券。ゆるく握りしめる。

「アンナちゃん」

顔を上げた。朋美がスマホを手に近くのトイレから出てきた。白いワンピースのスカートがふわりと風に揺れる。

「また風真さんから電話。アンナちゃんは私のところには来てないって言ったよ」

アンナは無言で俯《うつむ》く。

「ずっと捜してるみたい。なんか、アンナちゃんを捜すためのアプリも届いた」

アプリ？　姫川が作ったのだろうか。

「とにかくすごい心配してるみたい。連絡だけでも、したら？」

「……ごめん。ダメ」

アンナは力なく言った。

朋美の着信だけは無視できなかった。

あとで連絡する、と約束をしていたから？　いや、単純に傍にいたいと思えたのが朋美という「友達」だった。

「どこに行きたい？」と訊かれて、「シーユートピア」と答えた。

——私たちが出会った場所ね。すぐ行こう。

朋美は迷いのない口調で言った。嬉《うれ》しかった。

詳しい話はできていない。それでもアンナの様子から異常を悟った朋美はただ傍にいてくれている。でも乗り物にはまだ一つも乗っていない。

「どうしてここに来たかったの？」

「昔のこと、思い出して。お父さんと行った遊園地」

地下鉄でよみがえった記憶のせい。

「そっか。アンナちゃんにも……あるのね」

初めて会った日、朋美は話していた。厳しい両親が一度だけ連れていってくれた遊園地が、かけがえのない思い出だと。

「わがまま言ってごめんね」

「友達はわがまま言い合うものでしょう」

朋美が正面に立つ。

「風真さんたちのこと嫌いになったの？」

「違う。そんなんじゃないよ」

「……嘘」

「え？」

「……ついてないね」

顔を上げたアンナににっこりと微笑む。

「じゃあ嫌いになったのは自分のこと?」

答えられず視線を泳がす。ああ、朋美はこうして見通してくれるから、一緒にいて心地いいんだ。

アンナの手を朋美が握った。

「ねぇアンナちゃん。あれに乗ろうよ」

朋美に手を引かれてシーユートピアのシンボルの一つ、観覧車へ進む。

午後三時を過ぎた遊園地には、家族連れの他にアンナと同じぐらいの学生たちも目立つ。行列ができていたが、客の回転は早い。朋美はずっとアンナと手をつないでいた。冷たくて柔らかい手だった。アンナは今の自分の意志ぐらい中途半端《ちゅうとはんぱ》な力で握り返した。

やがて二人がゴンドラに乗る順番になる。足元に気をつけてください、とスタッフに誘導されながらゴンドラに乗り込む。いってらっしゃい、と、扉が閉まる。どこへ? と訊き返しそうになる。

朋美は手を離して席に座った。

「今日のスタッフさんは本物よ、アンナちゃん」

朋美の向かいに座り、アンナは笑おうとして笑った。スタッフが偽者だらけだったボマー事件がすでに懐かしい。朋美が鞄から小さいサイズのペットボトルを二本出す。

「遺伝子すっきり水。アンナちゃんの好きなやつ」

〈磯子のドンファン最後のプロデュース商品〉だ。

「ありがと」

受け取ってキャップを開ける。

「思い出の場所に乾杯」

ペットボトルで乾杯をした。グイッと飲む。

「はぁ。朋美ちゃんがいてくれなかったらボマー事件は解決しなかったよね」

「そうかな。アンナちゃんの力で解決できたんじゃない?」

「うーん。二人のコンビネーション、ってことで」

「風真さんより私の方が相棒に向いていたり?」

「うん」

「うん、って言っちゃう?」

「だって風真さん、一緒にチャイナ服着て売り子さんはできないよ」

アンナは朋美と一緒にキッチンカーの売り子をした時を思い出して言った。朋美は口元を押さえて目線を上げる。

「うわあ。風真さんがしてるの想像してみたら、面白い」

「ダメだよ、犯罪だよ」

今度は自然に笑えた。溶けあうように朋美も笑った。二人の笑い声はだれにも聞かれることがない。ゴンドラの中でゆっくり上昇して消える。

「でも風真さんは……信頼できる人だよ」

「そうね」

「うん」

アンナは強く頷いてから、「もちろん朋美ちゃんもね」と微笑む。朋美は視線を宙に浮かせる。

「あの時アンナちゃん、私のことを怖くないって言ってくれたでしょう。人の嘘がわかるなんて変なのに」

「変じゃない。朋美ちゃんの才能だよ」

「才能。才能か」

繰り返してつぶやいた朋美の声が、どこか鋭利に思えて、アンナは見つめ返す。茶色い瞳はアンナの視線を受け流して、窓に移る。アンナもつられて窓を見た。西に傾く太陽が眩しい。

「もうすぐてっぺん。爆弾が爆発しそうになった辺り」

「うん、あれはまじで死ぬかと思った」

「私はあの時、死んでもいいかなって思った」

「え？」

「アンナちゃんとここで死ぬなら、それも運命かなって」

「朋美ちゃん？　ええっと、私、口説かれてる？」

戸惑って冗談めかして返す。でも朋美は笑みこそ保《たも》っているものの、目は笑っていない。

「けど私は死ななかった。おかげで目的を遂行する覚悟が決まったの」

「目的？」

なんの話なのかわからない。外を見ていた朋美の目がアンナを直視した。茶色い瞳が怖いほど鮮やかだった。

「目的は三つ。聞かせてあげましょうか」

急な口調の変化。瞬間、朋美の表情からすべての感情が消えた。蠟人形《ろうにんぎょう》のような、無表情。

「一つ。探偵事務所ネメシスの助手・美神アンナの正体を掴むこと」

「……え？」

言葉にできない衝撃に全身を貫かれながらも、アンナの頭脳は機械的に作動した。

なぜ菅研がアンナの素性に気づいたのか。事件の謎を解くアンナを間近で見る「スパイ」がいたからじゃないか。ネックレスにデータが含まれていることも、風真、栗田、星以外に話をしたのは一人だけ。

「……朋美ちゃん……？」

「出会ったのが偶然だと思ってました？　烏丸の報告を受けて、怪しい助手を監視するために接触したんです。探偵なら、四葉朋美なんて大学生が実在するか調べるべきでしたね。私の本名は、菅朋美」

菅、朋美――？

「菅容子の娘です。母はもう亡くなっているんで、私が遺志を継いでいます」

「……じゃあ菅研は」

「私が研究所所長ですね。名刺はないです」

視界がぐわんと歪《ゆが》んだ気がした。ずっと、こんな近くにいたのに……。

「さっき才能って言葉を口にしましたよね。才能。あなたが他人にその言葉を使うのは、無神経というものですよ。天性のひらめき。インドの古武術を短期間でマスターする運動神経。恵まれた容姿。そうだ。風邪、ひいたことありますか」

記憶にある限り、なかった。

「ないでしょう。まさにパーフェクトな頭脳と体。それでも自分がゲノム編集ベビーであることに苦しみますか？　悲劇のヒロインになりますか。あぁ腹が立ちますね」

数十秒前までの親友からの刺すような一言に、反射的に涙が出そうになる。朋美がぐいと身を乗り出した。

「目的の二つ目は、……なんだと思います？　クイズです。シンキングタイム、三、二、一。はい終わり。正解はネメシスの絆《きずな》を壊すことでした」

アンナは絶句して朋美の顔を見返すことしかできない。

「おじさんと小娘の家族ごっこも見ていて苛々《いらいら》したので壊すことにしました。ちょうど大和のしっぽも摑まれて潮時でしたし」

ゴンドラが地上に近づく。

「子どもじみたことをしてすみません。でもあなたもよかったんじゃないですか。おじさんたちの偽善から解放されて。本当の自分を知ることができて。ねぇ？」

「……私を捕まえるの？」

「もちろんです」

朋美は即座に断言した。

「手荒な真似はしませんよ。だってあなたはお父さんに会いたい。私についてくれば会える。迷うことはないはず」

理路整然とした口調だった。

湧き出るあらゆる感情を抑えて、アンナは奥歯をかみしめた。朋美の言う通り、「父に会える」という一点だけで、迷う理由はない。でも。

「私を人質に、お父さんに無理やり研究をさせる気でしょ」

「当然です。それだけじゃないですよ」

無だった朋美の表情に笑みが戻った。別人のような笑みが。

「目的の三つ目。研究データと、あなたというサンプルを手に入れることです」

アンナはネックレスを握りしめた。

のこのことついていくわけにはいかない。でもどうしたらいい？　何が最善？　頭を働かせたいのに動揺のせいかうまくいかない。

「……友達だと思ってた。日本に来て初めての。全部嘘だったの？」

自分の口から出る言葉がひどく幼稚に思える。朋美が笑った。

「朋美という名前は本物ですが。そうそう、Dr.ハオツーの料理とか、私全然好きじゃないんで。どこがどうおいしいのかわかりません」

二人でいろいろなものを食べた記憶が頭を駆け巡る。今日だってレインボー餃子を「おいしい」と言って食べたのに。あの笑顔も嘘。

観覧車は一周して地上に戻った。一周の間に、関係性が一変したアンナと朋美を運んで。ゴンドラの扉が開かれる。

アンナは走り出た。スタッフが軽く悲鳴を上げる。考えるのは後だ。今は朋美から逃げきる。

お父さんを安全に助ける方法を考えなくては——。

がくん、と足がふらつく。にぎやかな喧騒がノイズになり、視界が歪んだ。

これは……。体が思うように動かない。薬？

人にぶつかる。

「すいません」

謝ってすれ違おうとする。と、無言で体をぶつけられた。驚いているうちに背後からまただれかに小突かれ、ふらついたところを横から引っぱられる。

「大丈夫ですか～？」

親切そうな声とは裏腹の強い力。とっさに振り払う。

これは……。

気づけばスタッフジャンパーを着た一団に囲まれていた。偽者だ。

一団の隙を縫って逃れようとする。でも足がふらついて、トイレの壁にもたれてしまった。

偽スタッフが道を作るように離れた。悠然と朋美が現れ、アンナを見下ろす。

「……何を飲ませたの」

遺伝子すっきり水に何か混入されていたに違いなかった。

「睡眠薬です」

朋美がバッグから茶色い小瓶《こびん》を出して言う。それから背後の観覧車を遠い目で眺めた。

「効き目が出るまで十五分。正確でした」

アンナは意識を保とうと抗《あらが》うが、瞼が閉じかける。偽スタッフが壁になって、アンナを巧《たく》みに人目から隠していた。

「くっ」

朋美に伸ばした手が横から摑まれる。顔を上げるとスタッフジャンパーの一人が手を摑んでいる。その顔は志葉だった。

「すぐ会えるって言ったろ」

アンナは沈みかけた意識を奮い立たせ、力を振り絞った。勢いをつけて志葉に体当たりする。分厚い壁にぶち当たったように体は跳ね返った。ポケットから掴み出した紙屑《かみくず》やハンカチを無茶苦茶に志葉の顔に投げつける。

「ゴミを散らかしたらいけませんよ」

朋美がそれらを拾う。

歓声と絶叫マシンの悲鳴が絶えない。今アンナが叫んでもそれぞれの時間を過ごす人たちは、気づかないだろう。それ以前に声が出ない。

「無様《ぶざま》な抵抗はやめてください」

言い返したいが舌が動かない。瞼が接着剤をつけられたように閉じ——意識を失った。

*

午後四時三十分。風真はネメシス探偵事務所の入る雑居ビルの屋上に立っていた。『美神アンナを捜せ!』のマップは更新され続けているが、だれからも朗報はない。

胸騒ぎは強くなる。

——美馬さんと、赤ちゃんを守って。風真くん……。

「水帆さん……」

美馬は守れなかった。残されたアンナは？　守れないのか。いや、そんなことは許されない。

「必ず見つけるぞ、アンナ」

自らを鼓舞するように風真は声に出した。

＊

大和猛流は雑木林の開けた一角、いつもの位置に車を停めた。降車し、立ち入り禁止の看板を越え、細い山道を十分ほど進む。

茂みを抜けると、打ち捨てられた廃墟《はいきょ》のような倉庫が見えてくる。岩肌すれすれに建てられている。立ち入り禁止の看板がなくともこんな場所に迷い込む一般登山者はいない。

倉庫の扉を開く。中には埃《ほこり》を被った古書の並ぶ本棚。段ボール箱の山、肖像画などが雑然と並んでいる。一見してガラクタ小屋だ。

大和は本棚に近づき、最上段の百科事典を一冊引き抜き、最下段の隅にセットした。かちゃりとロックが外れ、重厚な本棚の一つがスライドする。現れたのはドアとタッチパネルだ。大和は百科事典をもとの位置に戻す。

パネルに手をかざすと生体認証でドアが開く。エレベーターシャフトが現れる。

菅研究所の入り口だ。

設立した菅容子の第一目標は自身が侵された遺伝性の難病HSCMの治療法の確立だった。が、今では遺伝子操作による人間のデザインそのものが研究課題だった。容子の死で一時は停滞した活動だが、朋美が引き継いでから再び活性化した。今でも秘密裏に研究が続けられていた。

エレベーターで地下に降りる。研究所はシンプルかつコンパクトだが、迷路のような通路が巡り、いかにも怪しげで子どもじみた秘密基地の造りだ。二十年以上前、菅容子のパトロンが彼女のために惜しげもなく提供した施設だった。科学に対する知識や熱意は皆無の人物だったが、容子に入れ込み、また酔狂な金遣いをして余りある富を持っていた。「だれにも見つからない研究所が欲しい」という容子の望みを聞き入れ、自身が所有する巨大倉庫の地下に造り上げてしまったのだ。

幸いなことに彼女との縁が切れても提供した研究施設の存在を決して口外しなかった。「女に一度与えたものに口出しはせぬ」という信条だったのだ。

そのパトロンは数ヵ月前に急死した。大和にとっては「吉報」だった。彼が大和たちの研究の違法性に感づき、内密に調査をしていると判明した矢先だったからだ。

今、風向きは追い風だ。菅研の悲願は実を結ぼうとしている。

大和はICカードの入ったパスケースを首に下げた。メインゲートは生体認証だが研究所内の部屋はカードが鍵となる。使い古した革のパスケースが、他の研究員にみすぼらしく見られているのは知っていたが、替える気はない。

ミーティングルームで研究員たちと軽い打ち合わせを済ませてから倉庫に戻った。ほどなく正面扉が開き、朋美と志葉、美神アンナを担いだ菅研の「警備班」数人が入ってきた。彼らは実質的には志葉の部下であり、ターゲットの確保や排除を担当する。

「お待ちしていました。所長」

大和は朋美に言った。朋美はネックレスを大和に差し出した。

「肌身離さず持っていたネックレスです」

大和は生唾《なまつば》を呑んだ。ペンダントトップはキューブを十字にクロスさせたデザイン。この中に立花始の研究データが入っている。未来を変える価値がある。

「まさにネギ背負った鴨《かも》でしたね〜」

志葉が軽口を叩く。大和はネックレスを受け取った。

「解析室でデータの抽出を行います」

「お願いします。私は少し休みます」

朋美は本棚の隠しドアをくぐって歩いていく。大和は志葉に向き直った。

「ルームBへ。有坂《ありさか》たちが待機している」

「承知しました」

警備班の一人が答える。ふてぶてしい態度の志葉を先頭に歩いていく。

大和も続く。人知れず、胸中の興奮を攪拌《かくはん》するような深呼吸を繰り返した。待ちに待った時が来たのだ。

——一生、立花始の陰で終わるつもりですか？

二十年前、菅容子が大和を勧誘した言葉だ。悪魔のささやきだったのだろう。が、世界を動かすのは神ではなく悪魔だ。人間の中に神はいないが悪魔は存在する。菅容子の勧誘に乗った大和は『GE10.6』を盗み出し、秘密裏に菅研のメンバーとなった。

志葉が入っていったルームBから、入れ替わりで研究員の一人、花岡万里雄《はなおかまりお》が出てきた。

「花岡。君はこちらの解析を頼む」

ネックレスを手渡すと花岡は水を掬《すく》うように両手で受け取った。

「いよいよ念願叶《かな》いますね。おめでとうございます」

人畜無害、卑屈なほどへりくだった笑みを浮かべる。そんな花岡を冷めた気分で大和は見返した。油断できない男だ。もとは医師である彼は、今の菅研の後ろ盾であるスポンサーからの出向。部下でありながら公然とした日徳《にっとく》グループの監査係でもあるのだ。

「君の上司にもようやくいい報告ができるよ」

大和の皮肉に「そんなそんな」と首を振る花岡を置いて、ルームBの一つ先、ルームAのドアの前に立った。非接触型のICカードでドアが開く。中には鎖で足をつながれた男が座り込んでいた。非難を込めた目を向けられるのはもう慣れた。大和は口元に機械的な笑みを浮かべる。

「立花先生。まもなく娘さんとの再会です」

見開かれた立花始の目を見て、今度は自然に笑みが浮かんだ。

＊

菅朋美は所長室のソファベッドに横たわった。目的はすべて達成した。なのに、この苦痛ときたら。

額に手を当てる。頭の奥を震源にした痛みの波を抑えようとする。無理だとわかっていながら、何度も何度も繰り返す行為。その手は痛みを癒《い》やすどころか、小刻みに震え始める。最近、痙攣《けいれん》の頻度が増えてきていた。今日もDr.ハオツーで箸を取り落としてしまった。

自分の体がコントロールできない恐怖に朋美は唇《くちびる》をかみしめる。もうすぐだ。落ち着け、大丈夫。すべてを懸けてきた計画が実を結ぶ。もうすぐ。

耳鳴りがした。頭の奥底でビープ音に似た甲高《かんだか》い音が響き、体が動かなくなる。

またいつものこれか、と朋美は不快になるが、抗えない。

——本当に成果が出るのかしら。

冷たい声が聞こえた。母、菅容子の声だった。

壁際に母が立っている気配がして、朋美は目を瞑《つぶ》った。もう亡くなって何年も経つ容子がいるはずがない。金縛り。霊的なものではない。HSCMに伴う幻聴だ、と朋美はわかっている。

——あなたにできるの？　朋美。私にできなかったことが、できるの？

母は責めるでもあざけるでもなく、ただ訊いている。科学者として根拠を検《あらた》めるかのような、冷徹な声。

「うるさいですよ。お母さん。黙って見ていてください」

音が止《や》む。体の自由が戻る。

呼吸を整えて身を起こす。枕元《まくらもと》のコップを取り、ミネラルウォーターを飲む。萎《しお》れかけの植物に水をやるように。

菅容子という女はストイックな科学者であり、妻や母ではなかった。幼《おさな》い朋美が「ママ」と甘えようとするたび、母は憂鬱《ゆううつ》な瞳を向けた。幼い娘は、研究の邪魔をする足かせだったのだろう。

父は大企業の御曹司で、母の容子とは仕事の縁で知り合ったそうだ。経営者としては有能だったが、母のパートナーとしては不適格だった。そもそも母にとって父に見初《みそ》められたこと、朋美を身ごもったことは「誤算」だったに違いない。母は自分が抱えるＨＳＣＭという病《やまい》の治療法を探すことに人生を懸けていた。

美神アンナに話した身の上話にまったくの嘘は少ない。たとえば初対面の時に打ち明けたこと。昔から大人に過保護に育てられ、同世代の輪の中では浮いていた、という話は事実だ。

母が娘には興味を示さない人物だった分、父は朋美に英才教育を熱心に受けさせた。父にとっての愛情は、朋美を自らの娘を万能な人間に作り上げることだった。後で知ったが、会社を継がせるつもりだったようだ。それが証拠に父の取り巻きは朋美に群がっては賛美し、自らを売り込んだ。

大手社長と孤高の科学者の娘は、学校では羨望《せんぼう》と嫉妬《しっと》、好奇のまなざしで搦《から》め捕られた。子どもの世界は大人社会の縮図だ。意に反して水槽に閉じ込められた熱帯魚のような日常だった。才覚を発揮すれば「親がすごいもんね」と疎《うと》まれ、失敗をすれば「常識が欠けている」と嘲笑《あざわら》われる。皆と同じでないと弾き出されるのが社会だと悟ったが、悟ったから傷つかないわけではない。

やがて、生きていくために脳が防衛本能を発揮したのかもしれない。朋美は他人の嘘が自然に見抜けるようになる。その能力は意思にかかわらず年を追うごとに研ぎ澄まされていった。

やがて両親の夫婦関係は終わるが、喜怒哀楽のどの感情も湧かなかった。両親の離婚を受け入れるだけの諦念《ていねん》や知識が十分に身についていたからだ。

母が死んだ時ですら似たようなものだった。ようやく独《ひと》り立《だ》ちできる、平穏無事な生活を送れるのかもしれない、と期待すら抱いた。——自分の体に巣くう病魔が明らかになる日までは。

折よく、セットしていたアラームが鳴った。午後五時。身を奮い立たせてベッドから下りる。手の震えも治まっていた。

通路を歩いていると大和と行き合った。

「体調はいかがですか？」

「美神アンナのネックレスの解析は？」

大和のご機嫌伺いを無視して訊ねる。大和は苦笑して、

「花岡たちが作業中です」

「先にそちらを見ておきましょう」

朋美は通路を折れた。

「データだけでも先に見せつけておけばスポンサーの機嫌も取れるでしょう？」

菅研の活動資金の大半は日徳グループから支給されている。交渉役も担う大和は常に彼らの顔色を気にしている。研究成果が出なければあっさり手を切られる。

「所長が気の回る人で助かります。ソーレ化粧品の一件やたじみん騒動でナーバスになっているようですからね。日徳も」

ソーレ化粧品は日徳の傘下だったが、少し前に告発騒ぎで大きな企業ダメージを受けていた。動画配信職人たじみんの事件では、かつて菅研究所が被験者女性を死亡させ、事故死に偽装した一件が掘り起こされる事態となっている。さらには一連の処理を任せていた

烏丸がネメシスにしてやられて、行方をくらませてしまったのも痛手だ。

「リスクは背負ってきました。動じることはないでしょう」

「その通りです所長」

非合法な人体実験は菅研究所では珍しくない。すべて科学の発展のため、と大和などは割り切っている。金目当てで集まってきた被験者たちの犠牲は自己責任であると。朋美の考えは少し違う。すべては生まれた時から見えない力に操作されている。俗な呼称で言えば運命だ。死ぬ者は死ぬべきタイミングで死ぬ。変えられないものが運命。朋美は運命に挑もうとは思わない。ただ見極めたいだけだった。

「危ない橋を渡り続けてきた二十年が報《むく》われます」

大和が言った時、目的の解析室の前に着いた。菅研のメインサーバールームでもある。すると内側からドアが開き、血相を変えた眼鏡《めがね》の男性研究員が走り出てくる。

「どうした？　花岡」

「大変です。ネックレスのキューブからデータを抽出したのですが、その……」

嫌な予感が体を貫通する。朋美は花岡の横を通り抜けて部屋に入る。キューブは分解され、基板の状態で専用のスキャナーにセットされている。壁面モニターにネックレスの中身が表示されていた。モニターの前には女性研究員の有坂が立ち、呆然としている。

「所長、大和さん。データの中身です」

映っているのは日本地図。都道府県ごとに駅弁の画像が付いていて、カーソルを当てると詳細と希少価値をランク分けした☆が表示される。

どう考えてもご当地駅弁マップだった。

「これは……どういうことだ！　ゲノム編集データは？」

後ろで大和が声を荒らげ、「わかりません。これしか入っていないんです」と有坂が弁明する。朋美は小さく舌打ちをした。

「やられた。道具屋が作った偽物よ」

「偽物……！」

あかぼしに向かう途中、アンナはジャック&ベティに寄った。道具屋の店で偽物にすり替えたに違いない。

「破壊してください」

「は？」

花岡と有坂がきょとんとする。朋美は機器にセットされたダミーを指さす。

「発信機が仕込まれていたり、ハッキング機能がついていたりする可能性もあります。ただちに破壊を」

有坂が慌てて回収した。大和が朋美に向き直る。

「道具屋のもとに今すぐ志葉を」

「待って。美神アンナの話では道具屋のアジトはうち以上のセキュリティに守られている。強硬突破は最後の手段です」

朋美は冷静に瞬時に頭を巡らした。

「策はある。四葉朋美をもうしばらく演じます」

朋美は淡々と言った。

さすがは美神アンナ。一筋縄ではいかない。

＊

車を降ろされて運ばれている途中、アンナは一度目を覚ました。担がれているということは理解できた。

彷徨《さまよ》う視線が捉《とら》えられるのは暗闇《くらやみ》。本当に暗いのか薬の効果なのか判然としない。ようやく闇とは異なる「何か」が見えた。それは肖像画だ。爛々《らんらん》と光る目、つり上がった口。豊かな黒髪を後ろに撫でつけた男がこちらを見下ろす。知らない男……？　なぜなのか、朦朧《もうろう》とする頭でその絵を鬼だとアンナは感じた。なぜそう感じたのか、分析するより先に意識は再び途切れてしまう。一瞬の覚醒《かくせい》時に見た肖像画の記憶は、消え去っていた。

目を覚ました時、アンナは可動式ベッドに横たえられていた。上半身が起こされた状態で、両手足と腹部は拘束具で固定されている。服は白い検査着に着替えさせられていた。

「お目覚めですね」

ベッドの横に立つ見知らぬ男が言った。その隣には朋美もいる。周囲には白衣の研究員たちと、医療機器や生体情報モニターが稼働している。菅研究所の施設なのだろう。

けだるい体を精一杯動かすが、拘束を解くのは無理そうだった。

「はじめまして美神アンナさん。私は大和と言います。お父様にはお世話になりました」

慇懃《いんぎん》に頭を下げる大和をアンナは睨む。

「二十年前、君のお父様は脳機能を低下させる難病の遺伝子を特定し、ゲノム編集した。結果、副次的に脳のリミッターが外れ、天才的な頭脳を持つ子が作れることが判明した。あなたのことです」

掌でアンナを指す。朋美も口を開く。

「アンナちゃん自身が私に話してくれたよね。空間没入能力」

無意識にインプットしたものを含めた記憶情報を意のままに閲覧、構築できるアンナの特殊技能。

「あなたの脳の演算能力はすさまじい可能性を秘めている」

耳を塞《ふさ》ぎたくても塞げない。

「眠っている間にMRI検査と、血液の採取をさせていただきました」

腕に注射痕《あと》がある。痛い。

「あとで慰謝料取るから」

「ほう。気が強い」

「ネックレス、残念だったね」

大和が鼻白む。その反応でネックレスが無事であると確認する。

「すぐに回収しますよ」

朋美が言った。アンナは視線を移す。朋美は微笑みを湛《たた》えていた。

「私が帰ってくるまでゆっくりしていてください。あぁ約束なので、お父さんとは再会してもらいましょう」

ハッとして身を起こそうとした。拘束具が食い込む。朋美は部屋を出ていった。

大和が壁際のスイッチを押す。壁の一角がスライドし、窓が現れた。隣の部屋に立っている男性がアンナの目に映る。何ヵ月も捜し続けていた姿が――。

「お父さん」

「アンナ……アンナ！」

父が窓に走り寄り、ふらついて手をつく。

「大丈夫か？　アンナ！」

父が叫ぶ声は、壁のスピーカー越しに聞こえた。アンナは言葉を返そうとして……顔を背けた。

父を目の前にして、再会の喜びも、言いたかったはずの言葉も霧散してしまった。自分のせいで人生を棒に振って、嘘を抱えてきた父の顔が見られなかった。

父が叫び続ける。

「悪かった。あのままインドにいれば……。いや、もっと早く本当のことを話すべきだった。何度も話そうと思った。でも……。許してくれ」

許してくれ、という悲痛な謝罪にアンナは涙を浮かべる。違う、お父さんに謝らせたくなんかない。――私はただ、自分が生きていていいのかがわからないんだ。

顔を上げる。

「お父さん……」

大和がスイッチを操作する。スピーカーがオフにされ、父の声が届かなくなる。

「感動の再会はここまでに」

大和が言った。

本物のネックレスが奪われたら、自分たちは用済み。

風真さん、社長――。

心の中でアンナは呼びかける。でも、続きの言葉が出てこない。「ネックレスを守って」？「過去から解放されて」？「私とお父さんを助けて」？「もう放っておいて」？

願いたいことが、わからない。

*

志葉の運転する車の中で、朋美はスマホを眺めた。風真から送られてきた『美神アンナを捜せ！』というあまりセンスの感じられないアプリを起動している。伊勢佐木町を中心にしたマップに、いくつものラインがリアルタイムで引かれていく。アンナを捜す風真の仲間たちの動きらしい。彼らが調べた位置と時刻にログが残るシステムだ。

無駄な努力だ。いくら捜し回ってもアンナは——菅研の所在地は見つからない。

風真からアプリが送られた時に朋美はシーユートピアにいたため、すぐには起動できなかった。位置情報で怪しまれない場所に出てから自分もマップに参加していた。

ショッピングビルのウィンドウの前で車が停まる。

「打ち合わせ通り頼んだわよ」

「了解っす。今日は俺、すごく働いてますね」

志葉の自己主張を無視して車外に降りた。一、二分ほど通い慣れた路地を歩き、着いた雑居ビルを見上げた。ネメシス探偵事務所の窓には明かりがついている。今頃、風真たちが助手の行方に気を揉《も》んでいることだろう。

風真たちにとってアンナは「家族」だから。

朋美は冷めた気持ちで先週の出来事を回想した。


ネメシスの雑居ビルの屋上で、朋美とアンナがチェスをし、風真が見物する。そして雑談をするという珍しくない時間だった。

話題はその前日に『リアリティ・ステージ』という舞台公演で起きた事件のこと。

——というわけで、本当にてんやわんやだったよ。

疲労困憊《ひろうこんぱい》の様子で風真は言った。

——舞台に立つ風真さんの勇姿、私も見たかったなぁ。ネットでもバズってましたよ。

朋美は心にもないことを言って風真をおだてる。

——そ、そんな大したもんじゃないって。けど、バズってたならやった甲斐《かい》があったかな。ぐふふ。

おだてに乗って風真は鼻の穴を膨《ふく》らます。単純な男だ。

——すっごい熱演でしたもんね。『信じれば必ず、明日はやってくる――――っ！』のくだりとか。

演技の再現をしてアンナが茶化《ちゃか》し、風真がやめろやめろ、と赤くなる。

——だいたいおまえという奴は、人が悪いんだよ。大事なことを隠して人を操って。

——人聞き悪いじゃないですか。

——事実だろ。

アンナが唇を突き出してポーンを動かす。

——でも二人のコンビネーションがネメシスを動かしてるんでしょう？

ルークを動かしながら、朋美は言ってみた。

——なかなかすごいことだなぁって思うけど。

そうかなぁと言いながら攻め手をミスった、という表情をアンナが浮かべた。

——まぁね。俺とアンナは、単体じゃ欠点だらけの者同士だし。

——え？　私、風真さんほど欠点ないし。

アンナが言うと、風真が聞こえないふりをして続けた。

——きっと、欠点はだれかと補い合うためにあるんだよね。

——補い合う？

朋美は訊き返した。

——うん。身近な友達でも恋人でもさ。そうやっていろんなことがうまくいくんじゃないかな。

——私と風真さんは友達でも恋人でもないんですけど。

納得できない様子のアンナが言うと、風真は笑い返した。

——俺と社長とアンナは、家族みたいなもんだろ。

と。

アンナは「違う、全然違う」と憤慨していたが、まんざらでもなかったのはその後のチェスの打ち筋でわかった。

——私、ネメシスの居心地好きだよ。

朋美は本心とは真逆の言葉を二人に贈った。

家族ごっこなど、見ていて軽蔑《けいべつ》する。なのに本人たちは満ち足りていることが許せなかった。

朋美は雑居ビルの階段を上り始めた。

今からすべきことを頭の中で整理する。

凡人たちを相手にネックレスを奪うだけだ。わずかばかりの計画と自らが築き上げた嘘があれば造作ないミッション。

他人の欠点は、補うよりつけ入る方が利益を生む。

バッグの中の携帯が「通話中」なのを確認し、足を踏み出す。

さあ、作戦決行だ。

*

事務所のドアが開く音に風真は振り返った。アンナかと一瞬期待している。

「朋美ちゃん?」

会釈もそこそこに朋美は「アンナちゃん見つかりましたか?」と切り出す。

風真が首を横に振ると、朋美が項垂《うなだ》れる。

「そうですか。……すみません。落ち着かなくて来てしまいました」

「ありがとう。こっち座って。なんか飲む?」

冷蔵庫に向かおうとした時、事務所の電話が鳴った。一番近くにいた風真は受話器を取る。

「はい、探偵事務所ネメシス」

『こないだはどうも。探偵さん』

軽薄な男の声。

「えっ?」

『レクサスで熱い夜を過ごしただろ』

「……志葉か!」

栗田と凪沙、朋美の目が一斉に風真に向けられた。受話器の音量を上げ、皆に向ける。

『おたくの可愛《かわい》い助手は預かってる』

「なっ……」

『あんたの携帯に証拠を送ってやるよ』

同時に風真のスマホが振動した。スマホ以上に震える手でメッセージを確認する。表示されたのはベッドに横たわるアンナの写真だった。目は閉じられている。

「アンナ……！」

栗田が受話器を奪い取る。

「おいアンナに何しやがった⁉」

『眠ってるだけだろ。その先は知らねぇけど』

「てめぇ」

『上司からの要求を伝えるぜ。美神アンナのネックレスを持ってるな？』

「ネックレス？」

戸惑って風真が訊き返す。

「俺たちは持ってない」

アンナを拉致したのにネックレスを手に入れてないってどういうことだ？　ネックレスはアンナが肌身離さず持ってるはずなのに。

『はぁ。ダミー摑ませといてよく言うな。それとも聞いてないのか？』

「ダミー？　え？」

栗田が受話器の下部を手で押さえて風真を見た。

「アンナがネックレスをすり替えたってことだろう」

確かにネックレスが狙われていると知ったのなら、アンナが手を打つのは自然だ。

『ま、なんでもいいから一時間以内にちゃちゃっとネックレスを用意しとけ』

「い、一時間？　待て待て待て」

『待てない待てない、待てない』

愉快そうな声の後、ぷつりと電話は切られた。

栗田が受話器を本体に叩きつける。

「ふざけやがって」

全員の目が壁の時計に向けられる。五時五十五分だった。

顎に手を当てて見守っていた凪沙が言う。

「神奈川県警の、おかしなコンビに連絡しましょう。私たちでは限界です」

「……そうだな」

栗田が重々しく言う。風真は急《せ》きこんで二人に言う。

「待ってください。警察を呼んだと菅研に知られたら、アンナや先生がどうなるか」

「ネックレスを渡しても、奴らが無事に二人を返す保証はない」

「でも……」

「だいたい、本物のネックレスがどこにあるのか俺たちは知らないだろ」

栗田の言う通りだった。アンナがどこかに隠したネックレスを一時間で捜し出すのは難しい。

あのう、と朋美がおずおず手を上げた。

「関係あるかわからないんですけど、道具屋さんかもしれません」

朋美が言うには、今日アンナは道具屋の星に会って「何か」を受け取ったらしい。寝耳に水だった。

「なるほどな。アンナが、星にダミーを作らせた可能性は高い」

感心したように栗田が頷く。

「となると本物のネックレスは星くんが持ってるってことに？」

「風真、星の位置情報」

栗田に言われて『美神アンナを捜せ！』を開く。幸いというべきか、星らしいというべきか、星を示すタグはずっとジャック＆ベティの周囲を回って、今は建物内に戻っている。

「ジャック＆ベティです。急ぎましょう」

「私も行きます！　行かせてください」

朋美が断固とした口調で言った。

「わかった。行こう、朋美ちゃん」

凪沙を念のため事務所の留守番に残し、三人は星のもとへ急いだ。

＊

ネメシス探偵事務所からジャック&ベティに直行した朋美は、生体認証を解除する風真の後ろで、不安げな面持ちを作っていた。あっさりと道具屋のもとへ忍び込めそうだ。

次のプランを頭の中で整理する。志葉には一時間後の電話で「ネックレスを四葉朋美に持たせろ」と指示するよう伝えてある。志葉が朋美を指名することの不自然さはない。非力な一般人でアンナの親友、という立ち位置なのだから。

「よしっ」

風真がスイッチから離れると廊下の一角が開いた。地下へ続く階段が現れる。スパイ映画の秘密基地めいた仕掛けに朋美は辟易《へきえき》する。ふつうの家に住めば？　と言いたくなるが、

「話には聞いていたけどすごいですね！」

と感心したふりをする。

風真は階段の前で躊躇《ちゅうちょ》して、朋美を振り返った。

「あ、星くん悪い人じゃないけど、ちょっとクセの強い人だから気をつけて」

わかっている。クセのない人間はこんなところに住まない。早く行けと背中を蹴りたいのを堪え、「アンナちゃんからも聞いています。大丈夫です」と微笑む。

風真、朋美、栗田の順で階段を下りていく。と、階下の金網の扉が開いた。

ラフなパーカーを着た色白の男が、大きなリュックを背負って出てきた。

「星くん？」

星は無表情に三人を見渡し、靴紐《くつひも》に視線を落とす。

「少し遠くまで捜しに出ようかと。見つかってないんだろ。インドのトンボ」

「インドのトンボ？」

思わず朋美は問い返してしまう。

「ありがとう。映画館の半径一キロから滅多《めった》に出ない星くんが」

風真の声に感激が混ざる。が、その響きをいかにも鬱陶《うっとう》しそうにして星は立ち上がる。

「そっちはなんの用？　早く。予定が一分狂う」

「今日アンナがここに来たでしょ？」

「昨日依頼されて作った、ペンダントトップのダミーを渡した」

「やっぱり！」

朋美も拳に力が入る。

「早く言え」

と、栗田が言い、

「訊かれてない」

と、星が仏頂面で返す。

「本物持ってますよね？」

朋美は金網の店内を指さして言う。と、星は困惑気味に首を少し傾《かし》げた。

「ない」

「え？」

「ないってどういうことだ」

栗田が星に一歩踏み出して訊ねる。星は一歩引いて、「そのままの意味」と答えた。そして朋美を「で、だれ？」と言って見てくるが、朋美は無視した。

「アンナちゃん、ここに本物のネックレスを置いていったんじゃないんですか？」

「いや。置いていってない」

にべもなく星は言う。朋美は注意深く表情、しぐさを観察した。初対面であろうと表情の乏《とぼ》しい相手であろうと、嘘は嗅《か》ぎ取《と》る自信がある。結果、星は嘘をついていない。内心うろたえる。拉致したアンナの身体チェックは抜かりない。ネックレスはどこに消えたというのか。

風真が指を鳴らした。

「ってことはもしかして、車じゃないですか」

「車？　そうか。リュウの車」

アンナと朋美はリュウの車で移動した。なるほど、志葉が現れた時か。アンナはとっさに本物のネックレスを車内に隠したのだ。

「行きましょう。Dr.ハオツーへ」

朋美は勇んで言った。

「で、だれ？」

再度星に問いかけられたが、聞こえないふりをして背を向ける。

「ないよー。ないない」

車の下からにょきっと出てきたリュウは、汚れた顔を拭《ぬぐ》って言った。

「真下まで見たけど、ネックレスなんてない」

「だよね。ごめん、リュウさん」

手を合わせた風真、栗田、朋美は車にもたれかかって項垂れてしまった。

場所はDr.ハオツー裏手の駐車場。

リュウの車の中はくまなく捜した。ダッシュボード、シートの隙間、シートベルトの収納部分まで細かく。だが、ネックレスは影も形もない。

「ほんとにアンナちゃん隠した？　僕、見てないよー」

リュウが身振り手振りを加えて片言で言う。朋美は苛立《いらだ》ちを助長される。落ち着け、と自らの表情筋に命じてしとやかな顔を保つ。

「私もですけど、でも他に」

「あかぼしにも落とし物はなかったっていうしな」

今しがた電話で要園長に確認を取った栗田が言う。端《はな》から大事なネックレスを落とすというのも考えられなかったが。

朋美は人知れずため息をつく。簡単に済むと思っていたネックレス回収ミッションに手こずるとは。

状況を整理する。

アンナはどこにネックレスを隠したか。Dr.ハオツーでネックレスを身に着けていたのは朋美自身の目で見ている。その後、道具屋でダミーを受け取る。この時点でアンナは本物とダミー二つのネックレスを所持していたはず。

あかぼしにもリュウの車にもないということは、ネメシス探偵事務所を飛び出した後でどこかに隠したのか？　たとえばコインロッカー。いや。中身の重要性を知っているネックレスを放置はしないはずだ。手放すとすれば信頼できる相手――たとえば風真に渡すだろう。アンナの性格上、そうだ。

すると考えられる場所はあと一つ。シーユートピアだ。拉致する時に苦《くる》し紛《まぎ》れに暗がりに隠したとか。でも、見落としたつもりはないが。

「どうしよう。あと三十分で志葉から電話」

風真が頭を抱える。

どうしよう、は朋美の気持ちでもある。志葉には一時間後に必ず電話をするよう指示してある。

その時リュウの携帯が鳴った。「毎度おおきに、ドクターハオツー」と電話に出る。関西弁なのか。

「――はーい、シェイシェイ。お届け先はネメシスね。すぐ行くけん」

今度は博多《はかた》弁でリュウが電話を終えると、風真が驚いて自分の顔を指す。

「……え、ネメシス、ここにいるんだけど」

「事務所からよ〜。常連さんの注文。急いで作らなきゃ。パクチーあったっけ」

バタバタとリュウは厨房に走っていく。

＊

風真は栗田、朋美にリュウを伴って事務所に引き返した。

ドアで出迎えた凪沙はリュウの岡持《おかも》ちを見て目を輝かせ舌をペロッと出す。ふだんのクールな面持ちとのギャップに風真はドキッとしなくもなかった。

「待っていたわ。ザリガニパクチーバーガー」

「毎度どーもね！　ごめん実は」

何か言いかけるリュウを押しのけて風真は言う。

「凪沙さん、この非常時になに頼んでるんですか！」

「空腹は思考を鈍《にぶ》らせるわ。人数分頼んだから大丈夫」

「大丈夫じゃないんですよそれは」

口論する風真と凪沙の間に割って入った栗田は、蛍光灯の裏や詰まれたレコードの隙間、工具箱の中を捜し始める。

「社長さんどうしたの？」

「ネックレスだ。アンナが一度事務所に戻った時、俺たちの目を盗んで隠したのかもしれないだろ。あわっ」

ラックに積まれた週刊誌が崩壊して栗田の鼻先に埃が舞った。

「ないですよ」

突如、社長室の奥から声がした。驚いて顔を向ける。

「約束の空気清浄機はまだですか？」

「姫ちゃん⁉」

ゆらりと姿を現した細身の青年は、姫川だった。愛用のノートパソコンを手に、大気圏から見下ろすような視線とため息を風真たちに向けてくる。

「美神アンナは取り乱して飛び出したんでしょう？　そんな状況でネックレスを隠すのは理論的には可能でも人間的じゃない、い、い、い」

栗田はむむっという顔をしつつ、認めるようにハットを目深にかぶり直す。姫川の足元にネメシスの飼い犬マーロウがまとわりついている。姫川はもふもふとした頭を撫でた。

「整理整頓《せいとん》したらどうですか。雑多なものが多すぎます。ワンちゃんは可愛いですが」

落ちた雑誌を眺めて言う姫川に、風真は「ちょっとちょっと」と声をかける。

「姫ちゃん、どうしてここに?」

「質問する前に考えてください。美神アンナを捜すためですよ。状況は神田さんに聞きました」

凪沙が姫川に皿にのせたザリガニパクチーバーガーを差し出す。姫川は軽やかなステップで下がりつつ顔を背ける。

「ネックレスを見つけられるの?」

声を上げたのは朋美だ。

「無理です。手がかりがなさすぎる。ですが美神アンナが拉致された場所を絞り込むことは可能かと」

今夜、アンナが菅研に捕らえられた場所を特定すれば手がかりが摑めるかもしれない、と。

「事務所を飛び出してから脅迫電話までおよそ三時間。彼女は車を運転しない。町の外にはほとんど土地勘がない。移動可能距離は限られてくる。拉致現場もその範囲内でしょう」

「つまりおまえのアプリに残った皆の捜索ログと照らし合わせれば、ある程度アンナの足取りが絞れるってわけだな」

察しよく栗田が継ぐと姫川は首肯した。

「当たるべきは『美神アンナを捜せ！』で捜索されていない場所の防犯カメラです。そして美神アンナは九分九厘、車で連れ去られているでしょうから、調べるべきは主要幹線道路のカメラに絞れる。受け身で待つよりできるだけ手を打つべきです」

「けど姫ちゃん、範囲を絞っても防犯カメラなんて膨大にあるよ」

それに映像データやテープは一般人がおいそれと集められるものじゃない。

「ええ。なので助《すけ》っ人《と》を頼みました」

「助っ人？」

「おっと、俺たちの噂か？」

気取った声。タイミングを計ったようにバン、と事務所のドアが開いた。ダンディとセクシーを体現したポーズをして立つ男が二人。

「泣く子も笑う神奈川県警捜査一課のタカとユージが助っ人だ。な？　ユージ」

「姫川センセにもネメシスにも借りがあるからな。タカ」

神奈川県警の千曲鷹弘《ちくまたかひろ》、四万十勇次《しまんとゆうじ》。通称タカとユージだ。令和の刑事とは思えないD

Cブランド風スーツとオールバック、夜間には不審なだけのサングラスも見慣れた。

「結局呼びました。公権力を」

凪沙がザリガニパクチーバーガーを両手に持って二人に近づく。強引に手渡す。

「大ごとにしないって言ってくれたんで」

「俺たちに任せとけ」

タカが親指で自らの胸を指す。

「……で、何すりゃいいんだ?」

「わかってないんですか」

風真はズコーッと崩れ落ちる。

「おたくの助手が行方不明ってことはわかってるぜ」

ユージが威厳《いげん》たっぷりに言うが、ほぼ何もわかっていないのと同じだ。

「説明すると複雑です」

姫川が言う。

「お二人の脳のリソースでは理解が追いつくかどうか。まずは粛々《しゅくしゅく》と言われたことだけ手伝ってもらえます?」

「リソースとか難しい言葉使ってんじゃねぇぞ!」

「しゅくしゅくってどんな漢字だよ?」

　怒れる刑事コンビを冷めた目で姫川が見る。

「お二人は、バカですか」

「ああん? バカって言う方がバカだぞ」

　ユージが言い返す。

「発言が幼稚園児並みですね」

「残念だったな。俺は保育園出身だ!」

　姫川を睨みつけながらタカがバーガーの包みを開き、見もせずにかじりつく。

　横で包みを開いたユージはザリガニと目が合って瞠目する。

「冗談きついぜ。タカ」

　タカは自分の口に入れたものに気づき、むせ返った。

「なんだこりゃ」

「ザリガニパクチーバーガーです」と凪沙が言い、「あ、すいません、ええと」とリュウが続くが、冷めた目の姫川の咳払《せきばら》いがやりとりを斬《き》る。

「今から僕が指示するポイントの防犯カメラの映像を集めてください。できればNシステムも」

カタカタ、とキーを叩く。

「はい送信しました。大至急です」

刑事二人のスマホが仲よくバキュンバキューンと鳴った。銃声が受信音らしい。

「大至急っておまえ偉そうに」

「助っ人っていうかパシリじゃねぇかよ」

スマホを見て愚痴《ぐち》る刑事コンビの前に風真は走り出る。

「お願いします！　アンナの命がかかってるんです」

タカとユージは顔を見合わせると、ふっと息をついた。

「わーってるよ。俺たちを舐《な》めんな」

励《はげ》ますような口調でタカが言って出ていこうとする。

「でも防犯カメラの映像なんてすぐ集められるのか？　刑事にも管轄とか手続きとかルールがあるだろ」

心配した様子で栗田が言うと、タカがふん、と笑い飛ばす。

「ル―ル？　関係ないね」

「そのセリフは俺が言いたかったぜ」

ユージがタカの肩を叩く。

一同が沈黙する。

「若い奴らネタわかんねぇぞ」

栗田のつっこみに見送られ、タカとユージは颯爽《さっそう》と事務所を出ていった。

「次の電話までにできることは……」

栗田が言う。現在六時二十五分。あと三十分で次の電話がかかってくる。タカとユージがどんなに急いで防犯カメラを集めても志葉の電話には間に合わない。

「腹ごしらえよ」

凪沙が言う。もう何も言うまい。

「あなたも好きなんだって？」

「はい。いただきます」

隣にいた朋美にバーガーを一つ渡すと、朋美はいつもの調子で大きく齧《かじ》る。

「あぁ、やっぱりこの味ですよ。リュウさん最高」

リュウが不意打ちを受けた表情で曖昧《あいまい》に「シェイシェイ」と笑う。人に勧めてばかりいた凪沙も自分のバーガーの包みを開く。と、その手が止まった。

「この音は？」

重そうな足音が階段の下から聞こえてきた。見下ろすと星が上ってくるところだった。

背中にはアルプス登山か夜逃げかというほど大層なリュックを背負っている。

「使えそうな道具持ってきた」

「星くんまで来てくれた……」

喜びで風真は言葉がすぐに出ない。

「駅弁、何個あっても足りねぇな」

栗田が代わりに言った。

「ハオツーで追加注文しますか」

凪沙が言い、「いらない」と複数人分の声が重なった。

「ひどくなーい？　料理人を目の前にして」

リュウが両手を上げて抗議する。

＊

「美神アンナに渡したダミーにはオプションがついてる。ＧＰＳ機能だ。ただし、解体された時にだけ作動する仕様だ」

星が言った。アンナからの依頼だったと続ける。それを聞いて朋美は、胸を撫でおろした。やはりダミーには小細工がしてあったのか。

「今のところシグナルは受信されてない」

「常時作動のタイプにしてくれてたら美神さんが行方不明になった時点で捜せたのに」

姫川が嚙《か》みつく。星は不快そうに答える。

「依頼人のオーダーだからそうしたまでだ」

「僕が犯人ならダミーとバレた時点で壊しますよ」

「犯人なのか？」

「喩《たと》え話がわからないタイプですか？」

まぁまぁ喧嘩《けんか》しないで！　と風真が二人の間に立った。

菅研究所は電波遮断がなされているため、GPSのシグナルが外に漏れる心配はないのだが、念には念だ。ダミーを破壊させておいてよかったと思う。

「いやー、昨日の今日でダミー作っちゃうなんてすごいわ〜」

風真が盛り上げるように言う。

「俺なら当然。あの子もできるだけ早くって言ってたし」

……できるだけ早く？

その言葉が朋美の頭に電流を走らせた。周囲の会話が壁の向こうに遠ざかる。

もしかすると、という衝撃に固まったのはほんの数秒だった。

朋美は静かに息を吸って吐く。道具屋がリュックから出した道具を事務所の電話に接続し始める。皆がその作業を見守る中、朋美はさりげなく事務所のドアに向かった。隣に座る神田凪沙は難しい顔でザリガニパクチーバーガーを食べている。

「神田さん。私ちょっと外の空気を吸ってきます」

「あ、いってらっしゃい」

事務所を出て、屋上に出た。アンナとヨガをしたりチェスをしたりした場所。感傷はない。周囲に人気がないことを確認する。

胸がどくどくと音を鳴らしている。ネックレスの行方について、仮説に思い当たったせいだ。仮説を確かめるために朋美は鞄からあるものを取り出す。深い吐息が漏れた。当たりだ。

さぁ、どうしようか。

姫川と警察の介入は手痛い誤算だった。防犯カメラが集められれば、アンナと朋美がシーユートピアにいたことが判明する確率は跳ね上がる。今夜アンナに会っていないという嘘がバレてしまう前に手を打たなければ。

夜風になびく髪を押さえ、バッグから通話中にしたままの携帯を取り出した。

相手は志葉だ。

「こっちのやりとり聞こえていたわね？」

『だいたいは。電話につきっきりってきついっすよ。手当出してほしいなぁ』

志葉の減らず口を無視し、早口で続ける。

「ネックレスの在《あ》り処《か》がわかった」

『俺も思いつきました。シーユートピアでしょ？　どうします？』

「電話は予定通りにして。こう言うのよ――」

朋美は手早く指示を送った。

＊

午後七時、事務所の電話が鳴った。受話器を取った風真はあえて「………」と溜《た》めてから「もしもし、探偵事務所ネメシス」とゆっくり言う。

『志葉だ。ブツは用意できたか？』

再び風真は呼吸を置く。

「もう少し時間をくれ。まだ、見つからないんだ」

『あ?』

「見つける自信はある。なにせ、ここにいるのは私、名探偵風真……」

『今更説得力ねぇよ』

志葉が呆《あき》れたように言う。

「甘いですね。私は追いつめられて初めて力を出すタイプ。火事場の馬鹿力《ばかぢから》、窮鼠《きゅうそ》猫を嚙む、なんて言いますがね。夏休みの宿題も八月三十一日に全部終わらせる子どもでしたから。自由研究すらもね」

『はぁ?』

「昔、木更津《きさらづ》で草野球チームをしていた時も、同点の九回裏の打席で粘《ねば》りに粘って、ファウル十本の後でついにヒット!」

風真の無駄口を遮《さえぎ》り志葉が言う。

『おまえ、会話引き延ばそうとしてんな?』

ズバリ言い当てられ、わかりやすく固まってしまった。

『残念ながら逆探知はできねぇぞ、この電話』

風真はデスクについて座る星を見た。電話は星が自作した機械に接続されている。

『聞いてんのか』

「あ、はい」

『おまえら、シーユートピアに行け』

「シ、シーユートピア？」

いきなり出てきたかつての事件現場の名に、声が裏返った。周囲で電話を見守る面々にも戸惑いの波が伝わる。

『美神アンナが、今夜シーユートピアのどこかに捨てたって言ってるんだ』

「アンナがネックレスを捨てた、だと？」

栗田が横から半信半疑、いや、八割は「疑」の声で割り込む。

『観覧車の近くで衝動的に投げ捨ててしまったって言ってるぜ。なんかあったのか？　おまえら』

愉快そうに志葉が言い、風真と栗田は黙り込んだ。

『ま、こっちも美神アンナの口から出まかせを疑ってる。だからおまえらに調べてもらおうと思ってな。見つかればお互いのためだろ』

「見つからなければ？」

『嘘つきには痛い目見てもらうさ』

暴力を振るわれるアンナの姿が鮮明に脳裏に浮かぶ。風真は叫んでいた。

「痛めつけるなら俺にしろ！　アンナの代わりに俺を……頼むから！」

「ははっ。おまえは人間的だな」

志葉のせせら笑う声とともに、またぷつりと電話は切られた。

「くそっ。シーユートピアって……」

「あそこの新社長に連絡する。俺たちは貸しがあるからな」

栗田がスマホを取り出す。事件関係者とはコネクションを築いておく、栗田の手腕が発揮される場面だ。

風真は道具屋を振り返る。

「星くん。どうだった?」

できるだけ会話を引き延ばせ、は星の指示だった。

星は難しい顔で、電話に接続された、アンティークな蓄音機のような機械のダイヤルを回している。

「そんな骨董《こっとう》品みたいな機械で逆探知は不可能です」

容赦なく言ったのは姫川だ。

「大昔の刑事ドラマじゃないんですから。今時、逆探知は通信会社に捜査機関が問い合わせれば一発で——」

「小僧。うるさい」

星が手を止め、離れたソファに座る姫川を眼光鋭く一瞥《いちべつ》した。

「小僧？　僕に小僧って言いました？」

「三十八の俺からすれば小僧で間違いない」

姫川が瞠目する。

「三十八歳？　風真さんと違った意味で見た目が若すぎるんですが」

褒め言葉なのか失礼なのか微妙な言葉を星はスルーして機械を示す。

「こいつの機能は逆探知じゃない。今から作業に入る。素人への説明は時間の無駄。俺の道具は一級品」

それでも威圧されないのが姫川の恐ろしいところだ。

「時間の無駄は僕も嫌いです。一級品という根拠を聞かせてください」

「ちょっ、姫ちゃん。ちょっと待とう。ね。星くんも睨まないで。目が怖いからふつうに、とても」

「仲間割れよくない絶対」

風真とリュウが間に立って二人を宥《なだ》める。

「あの、早くシーユートピアに行った方がいいんじゃないですか？」

朋美が言った。その肩をぽんと栗田が叩く。交渉完了だ、と通話を終えたスマホを掲げる。

「スタッフの手も貸してくれるそうだ」

シーユートピアには風真、栗田、凪沙、朋美、リュウが向かうことになった。

「星くんは作業を続けて」

「こいつと留守番?」

靴底についたガムを見る目で姫川を見た。

「僕も仕事があります。刑事さんたちも待ってないと」

「姫ちゃんはインドのトンボができるよ、星くん」

風真はフォローするつもりで言った。星が姫川を指さす。

「やれ」

「嫌ですよ」

「やれ」

ダメだ。混ぜるな危険だ、この二人。

「私も残ります」

助け船を出したのは意外にも朋美だった。

「私、お二人の手伝いをします。ここで、アンナちゃんの帰りを待ってますから」

聡明《そうめい》な朋美は自分の役割をとっさに考えたのかもしれないし、現場に行くことの不安もあったのかもしれない。でもとにかく助かる。

「わかった。お願い」

風真は他の面々とともに事務所を出た。


駐車場のサバーバンに乗り込もうとした時、目の前の歩道を横切る白銀髪の女性が見え、風真は手を止める。

「緋邑さーん」

着物風の派手なパッチワークのガウンをまとった緋邑晶は、風真を一瞥すると、非常に不機嫌そうな顔で近づいてきた。

「おばさんも手伝いに来てくれたヒト?」

リュウが言うと「だれがおばさんだ」と凄《すご》む。リュウが「ゴメンナサイ」と小さくなる。

「おばさんじゃなくておばちゃん、だ。おばさんだと親戚みたいになるだろ」

謎のこだわりで切り返した緋邑は、栗田と風真を順に指さす。

「あんたたち、店を貸してやった代金、今日中に払うって言ってなかったかい？」

「あ」

緋邑は『緋色』のオーナーでもある。今日は料金後払いで、と頼みこんで貸し切りにしたのだ。

「すみません完全に忘れてました。いろいろあって」

「助手が迷子で大変だねぇ。あたしも中華街の端《はし》から端まで捜してやったんだ。料金上乗せだよ」

そう言って緋邑は財布を開く。風真の財布を。「うわっ。ええっ？」あたふたとポケットを探る。すられたことにまったく気づかなかった。

「ったく。全然入ってないねぇ。で？　どこ行くんだい？」

「あ、そうだ。一緒に来てくれますか？　人手が多い方がいいんです」

「そうだな。猫の手も借りたい」

栗田も言うと「はぁ？　あたしゃ猫じゃないよ」と緋邑が怒る猫そのものの顔をした。

とにかく説明は道中で、と無理やり乗車させて、風真は車を発進させた。

＊

アンナは腰に拘束ベルトを巻かれ、鎖で柱につながれていた。両手にも手錠を嵌《は》められている。どれだけ動いても鎖はびくともしない。

こんな時でもお腹が空いてきている。やたらと大食いでエネルギー消費が早い体質も、ゲノム編集ベビーの代償だったのだろう。つくづく自分のことがわかっていなかった。

ドアが開く。

入ってきたのは白衣姿の二人。大和とロングヘアを一つに結んだ女性研究員だった。女性研究員がクロスのかかったワゴンを押している。パスケースをポケットにしまいながら大和が言う。

「差し入れです」

女性研究員がクロスを取ると、チキンレッグにフライドポテト、パンの盛り合わせと数種類のスープ、サラダにポットがのっている。

「有坂」

有坂と呼ばれた研究員はポケットから鍵を出し大和に渡すと部屋を出ていった。

「一応言っておくが毒は入っていない」

「……お腹空いてない」

唾液《だえき》を飲み込み、アンナは腹筋に力を入れる。

「武士は食わねど高楊枝《たかようじ》かね」

「武士じゃないし。高楊枝って何？」

大和はワゴンをアンナの鎖がぎりぎり伸びきるあたりに置いた。両手の手錠を鍵で外す。自由になった手で勇んで腰の拘束具を引きちぎろうと試みたが、無意味だった。想定内だ。

「暇つぶしもいくつか用意した」

顔色を変えずに大和が言った。ワゴンの下段は食べ物ではなく、数独やクロスワード、漫画雑誌や新聞だった。

「いらない。全部いらない」

「やれやれ。強情だ」

「ここ、どこなの？」

嘆く大和を無視してアンナは言った。

「意識は朦朧としてたけど、車で運ばれる時にずいぶん揺れた気がする。舗装されてない道。山？」

「無意味な推理はやめたまえ。ほどなく所長が君のネックレスを回収する」

無表情に徹した。朋美にネックレスの在り処を摑まれるまで、どのぐらいの時間が稼げるかは不明だ。

「そうなれば君たち親子は用済みだ。この料理は最後の晩餐《ばんさん》になる」

深く息を吸った。生まれてきてはいけなかった自分はここで死んでも仕方ないのかもしれない。でもお父さんは死なせたくない、と強く思った。

れない。

「すべては立花先生が二十年前、選択を誤ったせいだ」

大和の言葉に顔を上げる。

「最初から研究結果を公表していれば富も名声も手に入れられた。悲劇も起きなかった」

「お父さんのせいじゃないでしょ！」

怒りに任せて言い放つ。

「どうして裏切ったの。お父さんはあなたのことも信じていたはず。なのに」

「ハハハ。先生にも『神になるつもりか？』と説教されたよ」

塞がれた隣の部屋の窓を見ながら大和が言った。そしてアンナに戻した目は挑戦的だった。

「何がいけない?」

「え?」

「人間が人間をデザインして何がいけないのかと訊いている。我が子を天才にしたい親は大勢いる。需要に応えて損はない」

「お金儲《かねもう》けが目的ってわけね」

冷めた声音でアンナは言った。

「ああ。金がすべてだ」

「心がない」

「心? 人の心など信じるに値しない」

大和はワゴンの下段から新聞を一部引き抜く。ばさりと床に広げた。蛭田雅信《ひるたまさのぶ》という大物政治家が失言して炎上した記事が載っていた。

「見たまえ。以前この政治家は社会的弱者を蔑視《べっし》して批判され、要職を解かれた。だがほとぼりが冷めると文部科学大臣になった。科学など一ミリも理解しない老人がだよ。そしてまた失言をくり返した。こんなことばかりだがね」

「なんの話?」

「私は立花研究室にいる頃から科学の発展が世界を変えると信じている。だがこの国は科学を軽んじろくに援助もしない。そのくせ研究者の手柄《てがら》は横取りする。蛭田のような無能な連中がのさばっているからだ。カビの生《は》えた老人たちを愚かな国民は支持している」

憎々しげに吐き捨てる。

「だからこそ。国を救うには真の天才を量産し、国の中枢に送り込まなくてはならない。そうすれば社会は豊かになり、愚民は淘汰《とうた》されるだろう。天才を作るための崇高な研究には、金が必要なんだ」

大和はアンナの頭を指さした。

「我々が生み出した天才が正しい未来を作り、人々を導く。君だって身勝手な権力者に支配されたくはないだろう。自らの頭脳で世界を動かしたいはずだ」

大和の弁舌は純粋に熱く、また陶酔感に満ちていた。アンナは受け止め、深呼吸した。

「あなたも自分勝手な権力者」

「なに?」

「力があるから好き勝手に人を傷つけていいと思ってる。っていうか、人の心が信用できない科学者が未来を語らないでよ」

アンナは強い怒りを込めて見返した。

「ある大金持ちと話したことがある。お金しか信用しないっていうおじいさん」

磯子のドンファンこと、澁澤火鬼壱だ。アンナがネメシスで初めて遭遇した殺人事件の被害者だった。

「でもその人は人生の最後に、お金よりも純粋な人の心に触れたの」

医師として自分と誠実に向き合う、上原黄以子の献身に。

「そして見ず知らずの人たちのために、死後の自分の体を医療に役立ててほしいって遺言を残した。未来を変えるって、科学って、そういう行為のことじゃないの？　あなたの言ってることは詭弁《きべん》っていうんだよ。自分の野心のために人の命を弄《もてあそ》んでる」

大和の表情が歪む。唇が痙攣した。

「お父さんが研究を封印した理由は、あなたみたいな人がいるから。自分の傲慢《ごうまん》さに気づかないかわいそうな人」

大和の形相はやがて失望に変わった。

「君の態度次第でお父さんの命が助かるというのに」

「お父さんは必ず助ける！」

「ふん。世迷言《よまいごと》だ」

「世迷言だって現実になるんだよ。私の存在みたいにね」

アンナはチキンレッグを摑み取り、かぶりついた。大和が目を瞠る。

「あなたのおかげでやる気出てきた。お父さんを助けるまではくたばらないから、私」

溢れ出る肉のうまみを一滴も無駄にしないつもりで頬張った。武士じゃないから空腹と戦う必要はない。戦う相手はお父さんや罪のない人たちの命を弄ぶ、萓研だ。

＊

「――というわけで、我々はシーユートピアに向かっているんです」

風真は運転しながらも現在に至るまでの状況を緋邑に説明した。聞いているんだかいないんだか、後部座席でコイントスをしていた緋邑は、やや間を置いてから言った。

「気に食わないねぇ」

「本当、人を拉致して脅すなんて」

「そこじゃない」

ぴしゃりと緋邑は言う。

「遊園地に向かわされる流れが、気に食わないって言ってるのさ」

「どういうことだ？」

助手席から栗田が言う。

「志葉って奴は、なぜ自分で遊園地に行かないんだい？」

「アンナちゃんが嘘をついている可能性もあるからって」

隣に座る凪沙が答える。

「だから？　むしろネックレスを見つけたあんたたちが『なかった』って嘘をつくリスクの方が高くないか？」

風真は助手席の栗田と視線を合わせる。言われてみれば確かにそうだ。

「それに最初の電話じゃ一時間ってタイムリミットを切ったくせに、二度目は時間を指定してこなかった。思うに、遊園地にネックレスはないよ」

「じゃあなんのために」

振り返った栗田のハットをすいっと奪った緋邑はコインを弾く。ハットの中に落ちる音がした。

「マジックの基本。ミスディレクション。意図的に観客の注意を逸らすのさ」

＊

朋美はコーヒーを淹れて作業中の星と姫川に出した。二人がそれを飲みながら作業を続けるのを、椅子《いす》に座って眺めている。

「解析完了だ」

「なにがですか?」

「志葉って奴が電話してる時の、周囲の環境音を拾って解析した。その中の一つ」

姫川のいう「骨董品」のような機械にスピーカーが接続されていた。ダイヤルを回すと微《かす》かな声が聞こえてくる。まるで周波数のあっていないラジオのようだったが「いらっしゃいませ」「本日お肉が特売」などを繰り返しているのが聞き取れる。

「販売員の声……スーパーですか?」

「おそらく駐車場で電話してたんだ。駐車場の防犯カメラをあの刑事たちに回収させれば志葉の車が写ってるかも」

姫川がすばやく検索する。

「今日肉の特売を行っていたスーパーは曙町《あけぼのちょう》のサクラマーケットです。タカ刑事に連絡します」

「俺の道具は一級品だと言ったろ」

「別に否定はしてませんよ」

二人は目配せして、双方ふん、と満足げに鼻を鳴らした。

責めるには酷な志葉のミスに朋美は密かに苦笑する。問題ない。車が特定されたとしても途中で乗り換えるし、萱研の場所までは捕捉《ほそく》されない。何よりあと数時間のうちにすべて終わるのだから。

＊

緋邑の「ミスディレクション」の話によって不穏な空気が車内に流れる。風真はこのままアクセルを踏んでいていいのか、急に自信がなくなった。緋邑がハットを逆《さか》さまにする。コインは、落ちてこない。消えたコインは緋邑の襟元から現れた。

「まぁ、私は実際には電話を聞いてないから考えすぎかもしれないが。職業病かね」

刹那、職業病という言葉で風真の脳内に電流が走った。考えるより先にブレーキを踏んでいた。乗車中の全員が前方につんのめる。風真はタイヤを軋《きし》ませてUターンする。事務所からは十五分ほど離れてしまった。

「社長、事務所に電話を！」

「どうしたんだ」

「志葉はさっきの電話で俺にこう言ったんですよ」

――ははっ。おまえは人間的だな。

「なんだか妙な言い回しだなって感じたんですけど」

皆の反応が鈍く、凪真は声を大にする。

「思い出してください！　姫ちゃんが言ったじゃないですか。今夜」

――そんな状況でネックレスを隠すのは理論的には可能でも人間的じゃない。

「人間的なんて言い回しが、偶然かぶりますか？」

栗田が目の色を変えてスマホを取り出す。

「ちょ、ちょっとどういうこと〜？」

後部座席のリュウがあたふたと身を乗り出す。

「シャレのつもりだったのか、無意識に口調が伝染《うつ》ったのかはわからない。けど、志葉は俺と姫ちゃんの会話を聞いていた。っていうかたぶん、事務所内の会話を聞いてたんだ！」

「盗聴？　まさか」

凪沙が戸惑う。凪真も信じられないが緋邑の推察とも辻褄《つじつま》が合う。

「ダメだ。だれも出ねぇ」

栗田がスマホを手に吐き捨てた。星も姫川も朋美も……？

汗ばむ手でハンドルを握った。何が起きている？　敵の目的はなんだ？　わからないまま速度を上げる。

＊

コーヒーカップが床に落ちる音に朋美は振り返った。星が落としたようだ。床にこげ茶色の液体が広がる。

力尽きた星がソファに崩れ落ちる。数秒前に眠りに落ちた姫川と仲よく折り重なる体勢になった。出入り口のドアからは見えない位置であることを確認する。

二人に飲ませたコーヒーには、遊園地でアンナに使った睡眠薬の残りを混入させていた。これでもう邪魔者はいない。

ふいに事務所の電話が鳴る。出ようかと思ったが嫌な予感がしてやめた。無視していると切れ、立て続けに星と姫川、朋美のスマホが震える。着信は栗田と風真からだ。シーユートピアが陽動だと気づいて引き返しているのかもしれない。

「案外早かったですね」

独《ひと》り言《ごと》をこぼし、時計を見る。七時二十三分。もし風真たちの帰還までに間に合わなくても手は打てるが、朋美は間に合うと半ば確信していた。直感だった。

ばおん！

突然の異音と太腿《ふともも》の裏への軽い衝撃。心臓が跳ね、体が跳ねる。飛びのいて振り返る。

「あぁ、あなたがいたわね」

白い毛の塊の秋田犬。マーロウだ。

ばおん、ばおん、と朋美に吠えかかる。どうやら飼い主の友達から要注意人物に降格されたようだ。優秀な嗅覚《きゅうかく》だ。

と、その時、出入り口のドアがノックされた。福音を聞いた思いでドアに歩み寄って開く。立っていたのは期待通り、ハピネスカイト急便のロゴ入りジャンパーを着た配達員だ。

「ネメシスの風真尚希様にお届け物です」

伝票が貼られた茶封筒が差し出される。朋美は受け取った。ボールペンで伝票に風真とサインをする。

「ありがとうございます」

配達員は後ろで吠え続けるマーロウをちらりと見た。怪しまれるかと身構えたが杞憂《きゆう》だった。ご利用ありがとうございました、と爽《さわ》やかな笑みとともに帰っていく。階段を下りていく背中が見えなくなると朋美はドアを閉めた。

アンナのネックレスの行方。道具屋のアジトに置いていったのでも、リュウの車に隠したのでもない。事務所にもない。では拉致現場でとっさに隠したのか？　違うと朋美は気づいた。

　同時にアンナが気絶する間際に取った行動を思い出したのだ。志葉に紙屑を投げつけた、あの行動。あれは悪あがきではなかった。紙屑を捨てたかったのだ。朋美は痕跡《こんせき》を現場に残さないためそれを拾っていた。先ほどまで気にもしていなかったが、紙屑の一つは、ハピネスカイト急便の配達伝票の控《ひか》えだった。受付日は昨日で配達希望日時は今日の午後七時から九時。品物は「アクセサリー」。それを見た時、朋美は悟った。

　振り返ればヒントは道具屋の言葉にもあった。彼は今日「ペンダントトップのダミーを渡した」と言っていた。首飾り全般をネックレス、トップがあるものをペンダントとする定義があるが、つまり星憲章はチェーン部分を作ってはいないということだ。チェーンが本物の使い回しだとすれば、一つの可能性が浮上する。アンナは今日、最初からデータ入りのペンダントトップを持っていなかった。何もついていないチェーンを首に巻いていたということだ。

そう考えれば腑《ふ》に落ちた。アンナは単独行動する今日、菅研が再び襲ってくることを予期していた。朋美やリュウに協力を求めることを迷っていたのもその表れだ。拉致されることも織り込み済みだったはず。切り札となるネックレスを身に着けたままでは志葉の言うところの「ネギ背負った鴨」だ。だが風真や栗田、知人に預けて危険を押しつけることも避けたかった。何より「ネックレスを預けて自らは囮《おとり》になる」という覚悟を、風真たちは受け入れないだろう。

だから前日のうちに、宙に浮かせることにしたのだ。宅配に出すというやり方で。配送中の品に菅研は手を出せない。

宅配は十九時から二十一時の時間指定だった。それがわかった時点で時刻は十九時になる直前だった。朋美はできるだけ邪魔者を減らすため、志葉の電話で風真たちをシーユートピアに誘導したのだった。

シンプルで味気ない謎解《なぞと》きだった。

朋美は封筒を破って逆さまにする。出てきたのは探し求めていたキューブ状のペンダントトップだった。

体が粟立《あわだ》つ。美神始、アンナ、研究データ。すべて手に入った。

これで、私は希望を手にする。

——本当に大丈夫なの？

まただ。

目を閉じて振り返る。マーロウの背後に母……菅容子がいる。憐《あわ》れむような目で朋美を見ている。

——本当に勝ったと思うの？　朋美。

「黙っていてください」

幻覚を振り払い、スマホで大和に電話をかける。

『はい』

「回収しました」

『お疲れ様です、所長』

通話を終えた朋美は、栗田が開け閉めしていた工具箱からマイナスドライバーを一本拝借して、事務所を出る。それを使って外のドアノブの鍵穴に、小さな傷をつけた。ピッキングの跡に見せかける。「今日の日中、皆が留守中に侵入した菅研がコーヒーに睡眠薬を入れていた」、「朋美も菅研に拉致された」と思わせる。風真たちが戻っても、しばらくは疑われずに済むためのシナリオだった。

彼らが自分の素性を摑む頃には美神親子は生存していない。朋美は希望の朝を迎えているだろう。

くだらない演技をすることはもうないのだ。朋美は見えない仮面を外す心持ちで階段を下り、雑居ビルを出て道を曲がる。そこでハッとした。ドライバーを持ったままだった。浅はかさに苦笑する。自分としたことが、高揚《こうよう》感で冷静さを欠いているのか。戻しに行こうと立ち止まった時。

「お嬢ちゃん、どこ行くんだ？」

気取った声が背後から聞こえ、びくりとしてとっさにドライバーをワンピースのポケットに隠す。動揺を気取られないよう振り返る。バッグを抱えたスーツ姿の男が一人。

「ユージさん」

朋美は再び演技の仮面を着ける。

「防犯カメラの映像集めてきてやったんだが」

「ずいぶん早かったですね」

「近所の分だけとりあえず先に持ってきた。サクラマーケットの映像を急げってオーダーされたんでな」

「タカさんは？」

「隣町を走り回ってる。応援を呼んだからこのあとスパートをかけてやるぜ」

応援、というのは警察の仲間だろうか。

「で、姫川センセたち中にいるか？」

「今はだれもいません」

とっさに朋美は言う。今事務所に入られて眠る星と姫川が見つかってはまずい。

「お二人が出ていった後、また菅研から脅迫電話があって皆さんはシーユートピアに向かっています」

ユージはぽかんとしてから目の色を変えた。

「脅迫電話って、え？　カンケンってなんだよ」

そこからか。ダメだ、こいつ面倒くさい。

「あ、風真さんから伝言です。タカさんとユージさんにも早くシーユートピアに来てほしいそうです。詳しい話はそこでするって」

「よ、よし。向かう。お嬢ちゃんは？」

「私は事務所の留守番です。今、ちょっとコンビニに行くところなので」

「そうか。お疲れさん」

ユージは踵を返す。朋美はほっと息をつく。が、すぐにユージが振り返った。

「と、その前にお嬢ちゃん」

「はい？」

大股《おおまた》に朋美に近づき、背後に回った。

「その染《し》みどうした？」

染み？　わけがわからず、体を捻り、息を呑む。白いスカートの腰の位置に茶色い染みが付いている。

「肉球か？」

まるでスタンプを押したように、犬の足の形をした染みだった。マーロウだ。さっき後ろから飛びついてきた時。

「あ、犬がいたな。ネメシスには」

朋美は頷く。

「マーロウですね。さっきじゃれてきて、その時に」

一瞬、朋美の思考回路は停滞した。足跡がつくほどマーロウの足が泥で汚れていたなんて、予想外だった。だからユージが「コーヒー飲んだのか？」と訊いてきた時に真正直に答えてしまった。

「飲んでませんけど？」

「んん？」

ユージは首を傾げ、傍から見れば不審者である自覚がないのか、朋美のスカートに鼻を近づけてきた。

「コーヒーだろ？　この染み」

朋美を見上げて訊いてくる。ハッとした。泥じゃない。星が落としたカップのコーヒーだ。マーロウはコーヒーを踏んだ足で朋美を押してきたのだ。

「あ、そうです。床にこぼれたコーヒーを、マーロウが」

「でも君はコーヒー飲んでないんじゃ？」

「私、風真さんたちが飲んだコーヒーカップを片付けようとしたんです。そうしたら手を滑らせて」

話に矛盾はないが強引ではある。さすがにバレるか。

「なるほどな。納得したぜ」

ああ、相手がバカでよかった。

「では」

「あ、もう一つ」

歩きかけた朋美のポケットからマイナスドライバーが抜き取られた。

「理由なく持ち歩くと軽犯罪法違反。プラスドライバーはセーフなんだけどな。コンビニ行くのになんでドライバー持ってんだ?」

「あ……」

今度はとっさに言い訳が出てこない。鋭さの宿ったユージの目が階段の上に移る。

「つーか、やけに吠えてるな」

事務所のドアの向こうからは、ばおん、ばおん、とマーロウが吠える声が聞こえてくる。

失敗した、と朋美は臍《ほぞ》を噬《か》む。

「君、ちょっと一緒に上に」

言いかけたユージに、背後から音もなく黒い影が近づいた。志葉だとわかっている朋美ですら、顔を認識できないほどすばやく。

ビルとビルの隙間にユージを力任せに押し込む。踏ん張ろうとした足が捻《ね》じれ、ユージが悲鳴を上げる。その悲鳴をかき消すように志葉が電光石火の速さで顔を殴った。倒れたユージの首を踏みつける。

朋美は「殺さなくてもいい」と指示した。

「加減が難しいんで……んっ⁉」

志葉の余裕の笑みが歪んだ。目線を下げる。ユージがマイナスドライバーを志葉の右のふくらはぎに突き刺していた。志葉は手刀で払い落とし、ユージを立たせて首を絞めにかかった。ユージが口角に泡《あわ》を出し、苦悶の表情で朋美を睨む。

朋美の胸に、観覧車で収まったはずの嗜虐《しぎゃく》的な欲求が溢れた。

ペンダントトップをユージに見せつける。

「風真さんたちに伝えてください。データは手に入れました。美神始と美神アンナが明日の朝を迎えることはない。諦めてくださいと」

ユージの目はこれ以上ないほど見開かれ、すぐに閉じた。その体は地面に投げ出される。朋美はハピネスカイト急便の伝票が付いた封筒を傍らに捨てた。

「足、大丈夫?」

「労災頼みますよ〜」

志葉は笑って歩き出した。引《ひ》き摺《ず》ってはいるが、この男にとっては大した怪我ではないだろう。朋美はマイナスドライバーを蹴ってからその場を去った。予定よりも早く自分の正体がバレることになりそうだ。

＊

大和の目の前で、美神アンナは最後のチキンレッグの骨を皿に投げ置く。「パワーが戻った気がする」とつぶやき、「ふぐーっ！」と力んで腰の拘束具を引っぱった。一瞬、引きちぎられるのではないかと焦ったが、当然無理だった。他の料理にも手を出し始めたのを見て、大和はルームBを出た。朋美からの電話があったのはその時だった。

「はい」

『回収しました』

若き所長の報告は端的だった。大和は反射的に、自分も冷静な声音を作っていた。

『お疲れ様です、所長』

不自然に語尾が震える。電話は終わった。

進みかけた廊下を引き返し、ルームAを開錠する。

立花始が大和を見据えた。

「立花先生。私の勝ちです」

充血した始の目が見開かれた。

「データを手に入れました」

「……そうか」

諦念に満ちてはいたが期待したほど絶望感はない。アンナをだしに脅すより先に、セキュリティ解除のパスワードも告げてくる。それが大和には気に入らなかった。

「アンナだけでも解放してくれ。頼む」

始は「父親」の顔で言う。大和はゆっくりかぶりを振った。

「あの子は優れた人類を作り続ける研究の、貴重なサンプルです」

言下に始が激昂《げきこう》した。

「何度言ったらわかる。思い通りに人をデザインするのは神の領域だ！」

「あなたは神になる権利を放棄した。私は手にしたいんですよ」

始は重量のあるため息をついた。

「メアリー・シェリーが書いたフランケンシュタインの物語は知っているな？　フランケンシュタインは怪物の名前じゃない。怪物を創《つく》り出した科学者の名前だ。その末路がどうなったか知っているだろう？」

自らが作り出した怪物に恐怖を抱き、拒絶したフランケンシュタインは怪物に家族を殺され、自らも命を落とす。そんな結末だった。

「先生は昔、こう言いました。『夢は未来をつくる原動力だ。何もかも失っても現実に立ち向かう勇気になる』。覚えていますか？」

「覚えているとも」

「私にとっての夢は、世界に有益な天才の創造、量産です。この夢を原動力に、悲惨な現実に立ち向かう」

「おまえの夢はさらに悲惨な現実を生み出す」

「やってみなくてはわかりません」

「やるべきではない」

しばし二人は見合った。大和はもう何度となく実感済みの、かつての師との深い隔《へだ》たりを感じる。淡い痛みとともに。

「解析が済んだらまた来ます」

「無駄だぞ」

始の売り言葉を買うことなく、大和は部屋を出た。

＊

事務所に駆け戻った風真たちの目に飛びこんできたのは、ソファに横たえられているユージと傍らに屈《かが》む姫川だった。

「ユージさん⁉」

ユージはひどい痣《あざ》を作った顔で目を閉じたままだった。氷嚢《ひょうのう》を額にのせている。

「頸動脈《けいどうみゃく》を絞められて失神していたようです」

姫川が暗い声で答える。

「あの人が応急処置をしてくれました」

給湯スペースを姫川が指さす。れっきとした美女の部類ながら幸薄いオーラと猫背がそれを台無しにする女性、上原黄以子が包帯を手に佇《たたず》んでいた。

「命に別状はありませんが右足を捻挫《ねんざ》しています」

「黄以子さん！」

「ユージさんに呼ばれて事務所に来てみたら、下で倒れていて」

ユージが目を開き、氷嚢を手で取って体を起こす。

「監視カメラの映像集めるのにスピードが必要だと思ってな」

「起きて大丈夫ですか？」

「面目ねぇ。俺より眠らされてた奴らは大丈夫なのか？」

「眠らされていた？」

「コーヒーに睡眠薬を盛られてたみたいで」

黄以子が言い、姫川が悔《くや》しそうに俯く。

ちょうどトイレから星が出てきた。首を回して瞼を押さえている。

「やられた。まったく予定外だ」

「星くん、いったい何があったの？」

訊ねる風真の声をかき消し、慌ただしく事務所に足音が入ってくる。タカ刑事だった。

いつになく厳しい表情で、ソファに横たわる相棒のもとに走り寄る。

「ユージ！　大丈夫か。いったい何があった」

ユージの瞼がゆっくりと開く。

「あの女だ。シーユートピア事件の」

苦々しくユージが言った。

「えっ？」

「朋美？」

栗田が事務所内を見渡し、言う。四葉朋美の姿はない。

「こいつらを眠らせたのも、俺を用心棒みたいな奴に襲わせたのも四葉朋美だ」

ユージが言い、

「あの子は菅研と見て間違いないです」

姫川が悔しそうに重ねた。

「そんな……馬鹿な」

いよいよ風真は混乱し、頭から煙が出そうだった。朋美が菅研？　アンナの無二の親友だったんじゃないのか。だが、ユージたちに事務所で起きた一部始終を詳細に説明され、信じざるを得なくなった。

「あいつはおまえに伝えろと言った。データは手に入れた、美神始と美神アンナが明日の朝を迎えることはない、諦めろって」

「データって、アンナのネックレスを？」

「ああ。キューブの十字架みたいなやつだろ。確かに持ってたぜ」

血の気が引く。

「ユージさんの近くにこれが落ちてました」

黄以子が封筒を差し出した。勝手にウイスキーボトルを漁っていた緋邑が鼻を鳴らす。

「お嬢、ブツを奪われないように宅配便に出していたんだね」

朋美の伝言が突き刺さる。明日の朝を迎えることはない？

つまり、今夜のうちに二人を始末するということ……。

「先生とアンナが」

足元がおぼつかなくなる。

「俺たちの会話が志葉に知られていたのは、四葉朋美が中継していたからってことか」

栗田がマイナスドライバーを手先で回しながら苦々しく言う。凪沙が頷いた。

「通話をオンにしたスマホをバッグに忍ばせるだけで盗聴できますね」

「四葉朋美を追う」

タカが息巻いて立ち上がるが、ユージが腕を掴む。

「落ち着けよ。闇雲に走っても無駄だ」

「でも今夜のうちに助けねぇとヤバいってことだろ？」

アンナと立花先生が……。風真の頭の中では最悪の想像が巡っていた。

＊

皿のチャーハンを平らげた時、ドアが開錠される音がした。アンナはレンゲを置いて顔を上げた。現れたのは朋美だった。朋美が帰還していることに、不吉な予感が募《つの》る。

「チェックメイト」

開口一番朋美は言って、配達伝票の控えを見せた。アンナは息を呑む。

「ハピネスカイトのお兄さんはイケメンでしたよ」

昨日一時的にネックレスを事務所あてに発送したのは、奪われないための対策だった。でも今にして思えば少しの間だけでも遠ざけたかったのかもしれない。結果的にアンナの弱さが時間を稼いだがここまでだ。データが朋美たちの手に渡ってしまった。万事休すという言葉が浮かぶ。みなぎっていた闘志がぐらつく。

「大丈夫。平和的に奪ってきましたよ。もっとも怪我人は出ましたけど」

「だれが……」

「あなたが回りくどい手を使ったからです」

「だれも傷つけないで！」

叫びながら朋美の手を見たのは偶然だった。

回りくどい手、という言葉で無意識に視線を移しただけだ。朋美の手は小刻みに痙攣していた。

「一つ教えて」

「質問によりますね」

「朋美ちゃんはＨＳＣＭを発症しているの？」

栗田の隠し部屋に貼られたメモと風真の話を思い出す。ＨＳＣＭは遺伝性大脳変性症。親が患者ならその子に発症する可能性も高い。

朋美の顔が能面のように無表情になった。

＊

探偵事務所ネメシスには沈黙が下りていた。

事務所に集う一同は、朋美がアンナのペンダントトップを入手したことを知った。本当に菅研は、二人を今夜のうちに抹殺する気かもしれない。そうとわかった時点で風真の頭は絶望感に溢れた。でも絶望感が溢れるだけ溢れた後には不思議なことに希望が残った。危機すぎて思考停止したわけではない。ピンチに対抗できる戦力があるということを風真は「知っていた」。

「聞いてください」

風真はこの場にいる全員に菅研のこと、二十年前の事件のこと、アンナのこと、すべてを話した。今日二回目の告白だ。話し終えた時は口の中がカラカラになっていた。

「アンナちゃんがゲノム編集ベビーだなんて」

青ざめた顔の黄以子が言う。

「生殖細胞のゲノム編集は科学者や医師の間でも議論が続いている問題です。明るみに出たら、大変なことです」

「菅研もそれがわかっているから急いで大胆な手を打ってきているんです」

「警察が大々的に動いたらあの子の秘密は公《おおやけ》になっちまうな」

タカが天を仰いだ。

「で、四葉朋美ってのは菅研の一員だったってことか？」

「はい。大学生っていうのは嘘だったようです」

風真の隣で腕組みしていた凪沙が動く。

「いいですか。彼女に関して気になることがあるんですけど」

そう言って窓辺のリュウに視線を向ける。

「今夜のザリガニパクチーバーガーについて訊きたいんだけど」

え、なんて？　と風真は耳を疑う。

当のリュウは宿題を忘れたことに気づいた子どものような顔をして「あっ」と叫ぶ。

「すいません。言おう言おうと思ってた。でもタイミングが」

「やっぱり」

「なんですか？」

二人を見比べて訊ねる。

「味が変だったんです」

「いつものことですよね」

と応じたら睨まれてしまった。リュウが弁解口調で言う。

「パクチー切らしてた。だから、別ので代用した！」

そういえばオーダーを受けた時にパクチーがあるかと心配そうだったのを思い出す。

「別のものって」

「イタリアンパセリ。見た目、似てる」

凪沙が顎に指を当て、皆の輪の中心に進み出る。

「つまり今夜のザリガニパクチーバーガーは、実際にはザリガニイタリアンパセリバーガーだったということ」

「ええっと凪沙さん。だからなんですか？」

風真は皆の空気を代弁して、真剣な顔のジャーナリストに問う。

「あの子はバーガーを食べて『やっぱりこの味ですよ』と言ったの。全然違うのに」

「あー！　僕もびっくりしたネ！」

リュウが激しく頷く。

「四葉朋美という人間が嘘で固められていたのなら、Dr.ハオツーの料理が好きというのもアンナちゃんに取り入る演技だったんでしょう。でも今夜、バーガーの味に気づかないふりをする理由はないはず。なぜ」

「味の違いに気づかなかった？」

真っ先に反応したのは栗田だった。

「私もそう思います。味覚障害です」

「ちょいと発想が飛びすぎじゃないのかい？」

緋邑が水を差すが、栗田は首を横に振った。

「HSCMの症状に五感麻痺がある。そうだな。風真」

「ええ。特徴的な症状の一つで……え」

菅容子はHSCMを患っていた。そして四葉朋美も同じだとしたら。

「四葉朋美が菅容子の娘？」

＊

「朋美ちゃんの目的はお母さんと同じ、自分の病気を治すこと。違う？」

「正解です。母は治療法を見つけることができず、志半ばで死にました。研究所と、同じ病を娘に残して。私を憐れんで実験材料になってくれますか？」

「……悪いけど、無理。菅研のやり方は間違ってる」

朋美は絹糸を垂らすような細いため息をついた。

「やっぱり私たちは似てますよね」

「え？」

「親が科学者で頭脳明晰。謙遜《けんそん》なしで言えば容姿端麗。わけあって表舞台には出られない。でも一つだけ決定的に違う。あなたはゲノム編集されて健康体。私は残された命が短い。そんな理不尽な差が、運命？　納得できない」

アンナの視線を朋美の冷たく美しい瞳が受け止め、射貫《いぬ》いてくる。

「立花始が私の母を殺したんです。大人しくゲノム編集データを公開していれば、母の病気は治った。私だって」

「もう一度言う。こんなやり方は間違ってる」

「あなたの正しさなんて興味ない」

「私の、じゃない。人間の正しさだよ」

キッという音が聞こえそうなほど、朋美の表情が鋭くつり上がる。構わずにアンナは続けた。

「ゲノム編集ベビーのくせに偉そうにって思うよね。私だって思う。でもこんな私だから言いたいの。人には絶対守らなきゃいけない一線があるって」

「では私にも一つ質問させてください。あなたはネックレスを風真さんに託した。そして私と会った。どうするつもりだったんです？」

アンナは心に穴を空けられた感覚があったが、すでに空いた穴を大きくされた程度の痛みだった。

「消えちゃいたかった」

アンナの解答に、つまらないジョークを聞いた顔になった朋美は、部屋を出ていった。

アンナは拘束具に拳を叩きつけた。耳障《みみざわ》りな金属音が響いただけだった。

＊

「──わかりました。遅い時間にありがとうございました。失礼します」

風真はスマホを切って重いため息をついた。

通話の相手は雪村陽子《ゆきむらようこ》。数ヵ月前の依頼人であり、デカルト女学院のスクールカウンセラーだった。

「雪村さんに四葉朋美の写真を送って確認しました。彼女はデカルト女学院の卒業生です。本名は萱朋美」

「なんてこった」

栗田が吐き捨てる。

「あの子は萱研とやらの現リーダーってことかよ」

タカが心外なファウルを取られたサッカー選手のように両手を広げる。

「彼女にとって立花始は母親と自分の寿命を縮めた仇《かたき》で、アンナちゃんは不条理な存在」

凪沙が言った。

「どうすりゃいいんだ？」

タカが問いかける。答えを風真は知っていた。朋美にまんまとやられて、状況は圧倒的に不利。それでも。

「秘密裏に助けたいんです。アンナと先生を」

風真が言うと全員の目が向けられる。事件関係者の前でアンナの指示通りに推理をする時の何倍も緊張した。

皆が、風真の言葉をまともに聞いてくれる確証はない。自分のふがいなさ、探偵としての至らなさは自分が一番よく知っているから。それでも今、自信をなくしている暇はないのだ。

すべての視線を受け止める。

「ゲノム編集ベビーだろうとなんだろうと関係ない。ネメシスの一員、美神アンナという人間を、死なせたくない。菅研の思い通りにさせてしまったら二十年が無駄になる。女神ネメシスの名折れです」

そして、深々と頭を下げた。

「お願いします。皆さんの力を貸してください」

「私、たちの？」

黄以子が戸惑う。

「皆の力を合わせれば手がかりを必ず見つけ出せると思うんです。ここにいる皆が頼りになる人たちだって、俺は胸を張って言えるから」

沈黙は数秒続いたが、空気が波打つ感覚があった。

沈黙を破ったのは黄以子だった。

「私は医者だから。命を守るためにできることはなんでもします」

姫川が指を鳴らして、風真のデスクに寄りかかった。

「僕は今、やられたままじゃ悔しいという感情です。反撃しましょう」

「同じく」

星がぶっきらぼうに言い、壁にもたれる。

「他に予定もないから」

「僕も！　アンナちゃんは大事な常連さんだし。アクロバットなことならお任せ」

言うなりリュウはその場でバク宙を決めた。おお、と黄以子と凪沙が手を叩く。

ふふっと笑ったのは緋邑だ。勝手にウイスキーをちびりちびり飲んでいる。

「勝負は必ず勝つ。あのお嬢ならそう言うだろうね。乗りかかった船だ。私の切り札一枚、使わせてやるよ」

栗田が「上等な酒開けやがってコラ」と人斬りのような形相で緋邑の手からボトルを奪

う。切り札とは何か気になったが、風真はソファの刑事二人に視線を送った。

「バラエティ豊かな知り合いをお持ちだな、ネメシス」

「タカ、たぶん俺たち人のこと言えないぜ」

「確かにな」

「あの、警察であるタカさんとユージさんには頼みにくいんですけど」

風真が恐縮すると「バカ」とユージに一蹴《いっしゅう》される。

「俺たちを舐めんなって言ったろ」

そう言って腫《は》れた頬を上下させて微笑む。タカは立ち上がって腰に手を当てた。

「俺たちの特技は目を瞑っても始末書を書けることだ。任せとけ」

それはどういう保証なのかという気もしたが、「感謝します」と風真は一礼した。改めて一同の顔を見渡す。タカの言葉じゃないが、バラエティ豊かな、個性的な面々。様々な事件が引き寄せてくれた人々。今や一つのチームだ。

「風真、反撃開始だな」

栗田が言った。

「行きましょう。チームネメシス！」

風真は叫んだ。

「……あ、そういう名前でいくんですね」

黄以子がつぶやくのが聞こえて、ちょっと恥ずかしくなる。

＊

ペンダントトップのデータの解析が進むモニターを朋美は凝視していた。

「膨大な圧縮データで、読み込みに時間がかかります」

花岡が眼鏡をずり上げて言う。

「ノーベル賞級のデータだからな」

大和が言った。朋美にとっては自分の命を救うための答えが、解き明かされようとしている。一刻も早く、と気持ちが急いていた。

急いている？

朋美は人知れず自分の掌を見つめた。痙攣の発作が再び起きている。恐怖にすら慣れていたのに。でも。自分は生きたいのだ、と他人事のように実感し、驚いた。

――生きてどうするの。

母の声がする。

幻聴ではない。記憶の中の声だ。病状が進行し、動けなくなった頃に残した言葉だ。病室にいても母と娘の間に会話はなかった。病気のせいではなく、もともとそうだった。朋美はベッドの傍らで宿題をしたり、試験勉強をしたりした。朋美にとってはたやすい問題集を、ペン先だけ時空が違うかのようにゆっくりと動かして解いていた。

——生きてどうするの。

母が前触れもなくそう言った。独り言なのか自分に向けられた言葉なのかわからなかった。手を止めて顔を見やる。すでに常人の半分も働いていない菅容子の目は、天井の一点を見つめていた。

——朋美は生きてどうするの。

容子の掠《かす》れた声が繰り返した。どうやら問いかけられている、と理解したが質問の意図も理想的な解答もわからず、気味が悪いほどだった。無言の朋美の存在など気に留めない態度で容子は続けた。

——私は成し遂げたい。遺伝子の秘密を解き明かし、世界に名を残したい。

病人のうわごとだった。もう余命いくばくもない母に叶えられるはずのない夢。

——朋美は?

容子が繰り返した。聞くに堪えない声に背を向けて朋美は病室を出た。

母の声を聞いたのはそれが最後だった。

＊

マーロウに夕飯をやりながら、栗田は過去一番の人口密度となっている事務所を見渡した。

タカとユージの部下、小山川薫《こやまかわかおる》も到着して、膨大な監視カメラ映像を提供しているところだった。

「これで全部です。で……極秘捜査ですか？」

薫は四角四面といった態度で先輩二人に訊ねる。

「おう。特命任務ってやつだ」

「はいはい」

タカの返事をあしらうとユージを見る。

「その怪我で無理に動かないでくださいね」

ユージは捻挫した足を見て苦笑する。

「足を引っぱる気はねぇ。相棒に託すぜ。タカ」

「任せとけ」

薫が二人と皆を見回して、ため息をついた。

「課長には黙っておきます。その代わり中華街で奢《おご》ってもらいますよ」

お手上げのポーズをする先輩二人を尻目《しりめ》に薫は風真に「頑張ってください」と声をかけて出ていく。ありがとう薫さん、と風真は屈託のない笑顔で見送った。

栗田は探偵としての自分の腕はそれなりだと自負している。切り抜けた修羅場の数も十や二十ではない。だが、今回ばかりは自分の力ではどうにもならない、と思っていた。

輪の中心にいる風真を見た。探偵としてはまだまだひよっこだ。推理力は最低水準。腕っぷしも情報解析力も頼りないお人よし。だが風真がいなければ今日、この場はなかった。人たらしな性格は以前から一目置いていたが、風真の人と人をつなぐ力は稀有《けう》な才能だ。栗田は密かに感嘆していた。

「社長さん、ニヤニヤしてないでちょっと付き合いな」

振り返ると緋邑がいた。ドライジンのボトルを片手に近づいてくる。

「飲まんぞ」

「車出してくれ」

「ああ？」

「切り札があるって言ったろ」

マーロウが「早く自分の世話係を呼び戻してくれ」という顔で栗田に軽く吠える。追い立てられるように感じ、仕方なく緋邑について事務所を出た。

サバーバンに乗り込む。

「まったく。シートが硬いんだよ」

「放っとけ。長年連れ添ってる愛車なんだ」

「何代目シボレーだい？」

「そんなみみっちい数字は覚えてねぇ」

「ハードボイルド風に言ってるけどただの物忘れだろ」

栗田はぎろりと横目で助手席を睨む。

「もったいぶられるのは嫌いなんだ。どこに行くか言え。切り札ってのは？」

緋邑は頬杖《ほおづえ》をついたまま答える。

「菅研を知る男に会うんだよ」

「なんだって？　だれに？」

緋邑は両手を広げて上下させるジェスチャーをした。

「……にわとりか？」

「カラスだよ」

「わかるか！　……カラス？」

緋邑の指示通りにサバーバンを運転し、根岸《ねぎし》の方角へ向かう。ネメシスの、いや、人類の命運を左右する一大事が起きているというのに、横浜の町はいつもと変わらない。見えないところで起きている変革に、気づく者はいない。

「ゲノム編集だとか遺伝子だとか、頭が痛くなるよ」

緋邑がぼそりと言った。

「あんたのお友達はずいぶん大それたことをしたもんだ」

「あいつはただの科学バカだ。純粋で潔癖な、バカなんだよ」

――俺は間違った選択はしていない。

始の声がよみがえった。行方不明となる直前だ。帰国した始と栗田はバーで酒を酌《く》み交《か》わした。十九年ぶりのさし飲みだった。

――ああ。おまえは間違ってねぇ。だからアンナもすくすく育ってんだろ。

――そうだな。でも、俺はあの子を幸せにできてるんだろうかって。俺だけが、幸せにしてもらっている気がするんだ。

栗田は親友の横顔を見つめた。知らない間にすっかり父親の顔になっている。人は変わる。アンナを連れていた十九年という歳月、どんなことがあったのか。何を思っていたのか。友と会わずにいた長い時間が、恨めしかった。そんな気持ちはおくびにも出さず栗田は笑う。

――アンナは幸せだ。俺が断言するさ。

――根拠は？

――はーっ。そうやってすぐ根拠とか求めるから理系は嫌いなんだ。

――文系理系は関係ないぞ。

始が笑ってから、腕時計を見た。ホテルにチェックインする時間らしかった。

――ああ。俺も浮気調査の時間だ。

――ん？　仕事前だったのか？

目を丸くする始に笑い返す。

――おまえとは積もる話があるんだ。また今度ゆっくり飲もうぜ。

暗に「もう帰ってきていいんじゃないか」と仄《ほの》めかしたつもりだった。知ってか知らずか、始は笑って言った。

――今度はいつ会えるかな。

――インドは遠いんだよなぁ。

——あはは。俺を思って酒を飲んでくれてもいいぞ。なんだっけ、ほら。おまえの好きな小説のように、カクテルを飲んで思い出してくれ。

——ギムレットには早すぎるんだバカタレ。

始。

心の中で呼びかける。

まだまだ話し足りねぇぞ。言ってやりたいことを思いついたんだ。やっぱり帰ってこい。アンナはいい子だ。知恵も勇気もある。日本でも十分やっていけるだろ？　おまえの言う通り、二十年前の選択は間違ってない。ならどうしてコソコソ逃げる必要がある。堂々とすりゃいいんだよ——。

「飲もうぜ、始」

つぶやいた。聞こえたはずの緋邑は何も言わない。

横浜主要地方道80号を進み、根岸森林公園を通り越して山手《やまて》の丘の住宅地に入る。幅の狭い坂道が多くなる。

緋邑は「さて」と言って懐《ふところ》をごそごそと探り、黒い塊を引っぱり出した。ぎょっとする。いかにも白髪染めをしたような、根元の白い黒髪のウィッグだった。

「どこから出した今」

栗田の言葉を無視し、ウィッグを装着する。派手な銀髪ロングが庶民的なセミロングに変わる。

続いて派手なガウンを脱いで裏返した。リバーシブルだったらしい。裏地から表地に変わって灰色に控えめな花の刺繡《ししゅう》があるロングジャケットだ。それから化粧ポーチを取り出し、目元に刷毛《はけ》を走らせる。女の化粧を凝視するものではないという良識と運転中という物理的理由で栗田は目を逸らす。逸らした間は二分ほどだった。

「こんなもんかね」

緋邑が言い、顔を戻して驚く。目元だけがまるで別人になっていた。細かい小じわが刻まれ瞼は一重になり、眼の大きさまで違うように見えた。

最後に銀縁の眼鏡と布マスクを装着する。緋邑はどこにでもいそうな高齢の女性になっていた。

年季の入った低層マンションの前で「停めろ」と緋邑が指示した。路肩に停めてエンジンを切る。夜の静寂が群がってサバーバンを食おうとしている。そんな妄想がたぎるほど静かだった。車を降りる。草の匂いがした。並ぶ家々もマンションもお守りのように敷地に緑を抱えている。空気は湿っていて重く、梅雨らしい夜だった。

「二階の突き当たりだ」

緋邑はマンションのエントランスを抜け、さっさと階段を上っていく。栗田もハットを被り直し続く。ことさら手抜きもされず、かといって手厚くもない管理がなされた小綺麗《こぎれい》なマンションだった。単身者用の間取りだろうと栗田は当たりをつける。

二階の深緑色のドアの前で緋邑が止まる。栗田にインターホンのカメラの死角に立つよう示してからボタンを押す。

『はい』という男の声。

「先日はどうも」

緋邑の声色はふだんのつややかさもハリもない。酒やけしたようにしゃがれた声だった。

「ゴミ捨て場で立ち話した、一階の江口《えぐち》ですけども」

『……あー、酒屋の？』

「こないだ話してたでしょ。ジンが好きだって。お店の余りもんなんですけどね？」

緋邑はカメラにドライジンのボトルを見せた。

『ありがとう。ちょっと待ってて』

男の足音がドアに近づいてくる。緋邑が栗田に目配せした。ドアが中から開く。顔を見せたのは、特徴の薄い三十代ぐらいの男。

烏丸だった。

栗田は死角から出てドアを手で押さえる。感づいた烏丸が外に飛び出そうとする。その顔面に栗田は一発パンチを見舞った。


五分後、ギャンブルと酒をたしなむ違法コンサルタントは1DKの床に胡坐《あぐら》をかいて、猛烈にしょげていた。片方の鼻にはティッシュを詰めている。

「……この俺が、対面で話した相手の変装を見抜けなかったなんて」

緋邑の切り札とは、アビスの摘発から逃れて潜伏中の烏丸だった。「後々金になるかもしれない」と、配下に探らせ、このマンションを見張っていたそうだ。「なぜもっと早く言わなかったんだ」という栗田の問いには「頼まれてないからだよ」と当然のように返された。

数日前に緋邑はお人よしの住人を装い烏丸と世間話を交わしたそうだ。何かあった時に食えるよう、布石を打っておいたわけだ。

変装を見抜けなかったことは、特別烏丸がドジなわけではないと栗田は同情した。緋邑は強烈な印象を残す髪色と服装、妖艶《ようえん》さを持つ。ゆえに顔の細かなパーツを覚えにくい。当の烏丸も他人の印象に残りにくい顔の持ち主だから、「詐欺業界」で生きる輩《やから》の素質なのかもしれない。

変装を解いた緋邑は持参したジンをグラスに注ぎながら「年季の差だよ」と烏丸に言った。

「付け加えりゃ、アビスでおまえはお嬢に気を取られて、私のことなんか工事現場の安全太郎程度に見てただろ」

グラスを持たない手で旗振りの素振りをする緋邑に、烏丸が苦笑する。

「烏丸」

対面に座った栗田は身を乗り出した。

「アビスではうちの若い奴らにずいぶんなことをしてくれたらしいな」

当初、烏丸のスマホ回収ミッションの顚末《てんまつ》を知らされていなかった栗田だが、後日どう見ても隠し事をしている風真にすべて吐かせた。風真の拉致は十歩譲って別にいいが、アンナを巻き込んだ「賭け」は許しがたい。今ここで脳天搗《か》ち割りたい気分だ。

「礼はたっぷりしてやる」

「勘弁してよ。俺負けたんだし。身売りさせたって死ぬわけじゃないし」

烏丸は心外そうに言い、顔を突き出す。

ゴンッ！　という音とともに烏丸が額を押さえて悶絶《もんぜつ》した。栗田の頭突きは広い額にクリーンヒットした。

「あんた冷静に頼むよ」

緋邑が言う。

「冷静だ」

ハットを被り直して栗田は言った。

「冷静にこいつを痛めつける」

「ってぇなぁ。親父《おやじ》にも頭突きされたことないのに」

烏丸が悶《もだ》えながら言う。

「軽口叩けないように舌切ってやろうか」

「勘弁してよ。舌切りカラスなんてシャレに——」

言い終わる前に栗田は烏丸の胸倉を摑んだ。口で言うよりはさすがに冷静でない自覚がある。アンナを危険にさらしたことも許しがたいが、安全地帯にいてのうのうと人を「売り物」にできる価値観に激怒していた。

「話をしに来たんじゃないのか？　あんたら」

栗田の腕を必死に押さえ、苦しそうに烏丸が言う。烏丸はヘルプを求めて緋邑を見る。

「止めてくれよあんた」

緋邑が壁に寄りかかってジンを一口飲む。

「その男に半殺しにされたくなきゃ菅研について吐くんだ」

「はぁ？」

「俺たちは菅研のアジトを探してる。どこにある？」

「知らないねぇ。何があったん……ぐふ」

栗田は烏丸の首にかけた腕の力を五割増しにする。背後で緋邑がのんびりと続ける。

「おまえはドジを踏んで警察にも追われ、菅研には切られた。下手すりゃ制裁を受けるかもってビビって潜伏してるんだろ？　このままじゃ、にじフレのライブにも行けないね。菅研が潰《つぶ》れりゃ憂いはなくなる。他社の信用だって回復できるさ。とっとと教えな」

「……ゲームもなしで？」

烏丸がなおもつまらなそうに言う。栗田は首を八割の力で絞めることにした。

「ぐっ……ギブギブ……ちょっ、う……しゃべ、る、よ……」

真っ赤になった顔を放り出す。うつ伏せで荒い息をした烏丸は二人を恨めしそうに見上げる。

「本当に、菅研の在り処は知らない。俺は大和の指示を受けてただけだから。志葉くんなら知ってるだろうけど。……あ」

「ん？」

「志葉くんが言ってたな。研究所はどっかの山にある。倉庫の、隠し扉の中に造られてるとか」

「山？　倉庫？」

「本当だ。先代の所長がどっかの物好きな金持ちに惚《ほ》れられて、造ってもらったんだと」

「なんだいそれは」

呆れたように緋邑が言う。

「日徳グループか？」

栗田は訊ねる。萱研の調査を進める過程で浮かんだのが巨大企業、日徳グループだった。姿をくらました後の萱容子がある期間、日徳に雇われていたという噂があったのだ。あくまで噂で確証はまったく得られていないが。

「違う」

烏丸は首を横に振った。

「日徳の噂は聞いたことあるけど、施設の提供はしていない」

確たる情報網があるのか、断言する口調だった。

「とにかく俺が知ってることっていったらそれぐらい」

「ま、ないよりはましの情報だったか。帰ろう、社長さん」

緋邑が言い、栗田は立ち上がった。

「この部屋のことは警察に通報する」

「おい」

「通報まで一日待ってやる。その間に次の潜伏先を見つけるんだな」

色をなして口を開いた烏丸は、ため息をついて座り直す。

「俺の取引先の信用はがた落ち、警察にも菅研にも追われるわで散々なんだ。表社会で生きるにはこれといった取り柄もないしさ。哀れな敗者をそっとしといてくれないかね?」

「自虐が免罪符になると思うな」

栗田は冷ややかに言って部屋を出た。緋邑も続いてドアを閉める。

「社長さん。あんた熱いね」

栗田はちらりと彼女を見た。ドライジンのボトルは置いてきたようだった。

*

アンナは自分が監禁されている部屋を観察した。殺風景な直方体の部屋だ。唯一脱出に使えそうなのは天井にある通風孔。アンナの体型なら通れるサイズだ。ベッドを足場にすればぎりぎり届きはするだろうが、鎖につながれている状態では不可能だ。パネルもボルトで固定されている。怪我を覚悟でカラリパヤットの技を使えば無理やり壊せる……？難しい。いや、そもそも部屋には監視カメラがあるから怪しい動きをした時点でアウトだ。せめて監視カメラがオフになってくれれば。

「そんな都合のいいこと起きないか」

独り言が漏れる。けれど今はわずかな可能性にでも備えておくしかない。

ドアが開く。入ってきたのは有坂と呼ばれていたロングヘアの女性だった。まるで空調の温度を見るような目でアンナを一瞥してから、食事ワゴンの上を片付け始める。

「ねえ有坂さん」

「は？」

名前を呼ばれたことが不愉快そうだった。

「一つ訊きたいんだけど。眠ってる間に私の服、着替えさせたのって有坂さん？」

「私と、もう一人の女性研究員」

「そっか〜。よかったぁ」

「実験体の立場でそんなことを気にするなんて」

あざけるように言う有坂を、一瞬でアンナは嫌いになった。有坂は外されていた手錠を手に取る。

「右手を出して」

アンナは言われた通りにした。自由だった右腕に輪が嵌められる、その刹那にアンナは右手首を逸らした。有坂の白衣をひっつかみ、ポケットに手を入れる。有坂が大和に言われて手錠の鍵を取り出したポケットに。

「何をする！」

有坂が叫びアンナの手首を摑んだ。指先からキーホルダーが滑《すべ》り落《お》ちた。

有坂はアンナの腕に爪《つめ》を立てて摑み、手錠を嵌めた。アンナは顔をしかめた。

「油断も隙もないわね。実験体が」

有坂が出ていった後でアンナは俯いた。ほくそ笑む顔を監視カメラに撮られないためだ。キーホルダーを取りそびれたのはミスディレクション。掌には本当に狙っていた「収穫」の感触があった。

＊

「――というわけだ」

「……了解です」

事務所で一同は栗田からの報告を受けていた。

烏丸から得た菅研の手がかりは「山にある倉庫の地下」。前進だ。

「雲を掴むような話じゃない？　特定できる気がしない……」

黄以子は今にもへなへなと萎《しぼ》んでしまいそうな声で言う。

「車運転してるつもりでポジティブになってもらえません？」

思わず風真は懇願《こんがん》してしまう。

「っていうか緋邑さん、グッジョブすぎます」

「あたしはもう十分働いた。先にあがるよ。あとは頑張りな若い衆」

そう言ってバーカウンターで本格的に酒を作り始めている。なんとマイペースな詐欺師。

「車を見つけました」

風真のデスクを占領している姫川がノートパソコンを指して言った。

「早いね姫ちゃん」

「サクラマーケットの防犯カメラで車種とナンバーが摑めましたからね。あとは難しくない」

風真、黄以子、凪沙、タカとユージが姫川のパソコンを囲む。映っているのは黒のプリウス。姫川がマウスをクリックし、画像を鮮明化する。運転席の男の顔が判別できた。

「志葉だ。間違いない」

「集められた映像とここまでの情報を整理します。事務所を飛び出した美神さんは直後、伊勢崎長者町駅のカメラに写っていました。ブルーラインで移動。乗り換えをしてシーユートピアに向かったようです。シーユートピアから送ってもらった園内の防犯カメラに、美神さんと菅朋美、スタッフに変装した志葉と数人の男が写っていました。もっとも遅い時刻で三時四十分。観覧車乗り場に並んでいる姿です。四時前後が拉致の時刻でしょう」

姫川はキーを叩き映像を切り替える。

「一方、志葉の車がネメシス事務所付近の路上で撮影されたのは五時四十八分」

事務所の目と鼻の先にあるショッピングビル。その向かいに停まるプリウスの後部がわずかに写っていた。

「絶妙にカメラの死角を取っていますが、ここを鮮明化すると」

姫川は車ではなくビルのガラスを切り取り、クリアにした。亡霊のように黒髪の女性が浮かび上がる。

「朋美ちゃんだ！」

「ええ。志葉のプリウスでここまで来たようですね。重要なのはこの時点で美神さんは菅研に送り届けられていたという点です」

風真は頭を巡らせた。

シーユートピアから伊勢佐木町に到着するまで一時間四十八分。

「その間に経由できる場所に菅研究所はあるってことか」

「じゃあざっくり移動時間を一時間半として、往復できる山間部は？」

凪沙が言うと姫川はマップを表示した。横浜を中心に数ヵ所の山がラインで囲まれる。

「山間部というだけでは候補が多い。丹沢大山《たんざわおおやま》から箱根《はこね》、鎌倉《かまくら》の山々、三浦《みうら》アルプス、標高百五十六メートルの大丸山《おおまるやま》だって範疇《はんちゅう》です」

「Nシステムに写ってねぇのか？」

「僕たちを眠らせて伊勢佐木町を出た後、不自然に車は消えてしまっています」

「ああ？」

「途中で乗り換えているんでしょう。現に拉致時刻にシーユートピア付近で志葉のプリウスは写っていません。車種もナンバーもわからないもう一台を探すのは難しい」

「待ちな。水を差すけど」

緋邑が水ではなく酒をグラスに差しながら言った。

「お嬢を志葉の手下が別の車で運んだとしたら？　研究所のある山はもっと遠くにあるってことになって、その坊やの計算の根底が崩れちまわないかい？」

「小僧とか坊やとか、何なんですかこの大人たちは」

姫川のクレームはさておき、一理あると風真は思った。だとすると手がかりはなくなってしまう。

「いや。姫川の計算を信じて間違いはねぇ」

断言したのは栗田だ。

「十九年前、研究所から逃げた美馬芽衣子さんがトラックに乗っていた時間、駆けこんだ公衆電話の位置から、菅研の在り処を推測したことがある。推測エリアに重なる山は姫川の絞った分と合致する」

「わお。探偵っぽいね」と緋邑が感心したように言い「探偵だよ」と栗田が即座に言い返す。

ふと風真は黄以子がパソコンの地図を凝視していることに気づいた。

「三浦アルプス……」

黄以子が言った。その口調には微妙な驚愕《きょうがく》が含まれていた。

「黄以子さん、何か？」

「あ、大したことじゃない。最近たまたま名前を聞いたばかりだったから」

「どこで名前を？」

「澁澤火鬼壱さんの所有する倉庫があるんです。あの山には」

「倉庫⁉」

「あの事件で遺産をいただいた関係で、いろいろ火鬼壱さんの所有物のことを聞かされて。でも倉庫っていうだけで、萱研とかかわりなんて」

風真の頭に、なんの前触れもなくある疑問が舞い降りた。

数ヵ月前の黄以子の依頼が、今日に続くネメシスの始まりだった。つまり二十年前の事件の歯車を大きく動かすきっかけはある意味、黄以子だったといえる。

「どうしてうちだったんですか？」

「えっ？」

「火鬼壱さんの警護を頼む依頼、どうしてネメシスに？　自慢じゃないですけど全然知名度なかったのに」

「自慢じゃないな」とタカが口を挟み、「うるせぇ」と事務所ＣＥＯが怒鳴る。

「ネ、ネット検索したんですよ」

「横浜の探偵、ってネット検索しても上位にヒットすることはなかったはずです。なのになぜネメシスを？」

「ええっ？　そ、それはその、確か」

風真の圧に黄以子はあたふたしていた。

申し訳ないが、自分の中のへっぽこ探偵の勘が「重要なことだ」と警告している。数秒間、首を傾げて記憶を辿る顔をした黄以子は「あっそうだ」とその顔を上げる。

「電話！」

「電話？」

「以前、待ち合わせた知り合いがだれかと電話をしてたんです。どんな会話かはわからなかったし、私が到着したらすぐ切っちゃったんだけど。『横浜の探偵事務所ネメシスに注目してる』っていうセンテンスが聞こえて。それをなんとなく覚えてたから、探偵を雇いたい時に思い出したんです」

「知り合いって？」

「私を火鬼壱さんに紹介してくれた人です」

「そういえば、澁澤火鬼壱のかかりつけ医になったのは友人に仲介してもらったから、と言っていたな」

さすがに栗田は記憶力がいい。

「花岡くんっていう研究職に就いている友人で」

鋭く反応したのは凪沙だった。

「花岡？ 花岡万里雄《まりお》？」

「えっ。そうです。知ってるんですか？」

凪沙はバッグから使い込まれたノートを出した。目的地を知る指が的確にページをめくった。

「二年前、恵美佳さんの司法解剖を行った監察医が花岡万里雄です」

「例の、土壇場で証言を翻《ひるがえ》して失踪した監察医ですか⁉」

凪沙が頷く。

「え、待ってください。花岡くんは医者をやめて今はフリーの研究員として働いてるって、ふつうに言ってましたよ。雲隠れしてる感じなんて全然」

黄以子はにわかに信じられない様子だった。

「菅研の保護を受けているんでしょう。二年前の証言撤回は烏丸の工作だと思っていましたが、初めから花岡もグルだったのかもしれません」

「ああっ!」

まるで幽霊と出くわしたような叫びを黄以子が上げた。

「わ、私、生前、火鬼壱さんに言ったんです。『遺伝子すっきり水』っていう商品の名前変わってますねって。そうしたら『昔惚れた女の一人が、遺伝子の研究者だった。彼女に捧《ささ》ぐ商品だ』って! そのあと殺人事件が起きてすっかり忘れてた……」

「菅容子のことですよ、きっと!」

風真にはびりびりと体が痺《しび》れる感覚があった。

タカが「ちょ、待てよ」とだれかの物まねみたいなセリフとともに立ち上がる。

「ってことは菅研と澁澤火鬼壱には接点があって、澁澤は疑わしい山に倉庫を持っていて……つまり?」

「『惚れた女のために研究所を造ってしまう金持ち』なんて、そうそういないですよね」

興奮を感じながら風真は皆に呼びかける。黄以子が目を見開いて口を覆《おお》った。

「火鬼壱さんが菅研究所を造った⁉」

「その場所こそ三浦アルプスの倉庫。菅研の正体までは知らなかったのかもしれませんけど、その倉庫が研究所なのかも」

ショックを受けた様子の黄以子に風真は言う。実際のところ火鬼壱がどこまで知っていたのかは不明だ。

三浦アルプスは逗子《ずし》、葉山《はやま》、横須賀《よこすか》に跨《また》がる山脈だが標高も低く、登山初心者にも人気の山というイメージしかないが、だからこそ研究所があるなんてだれも考えない。

黄以子が身震いした。

「なんて偶然なの」

「運命だったのかも」

風真は言った。見えない力が自分たちを萱研につなげたような気がした。

「その花岡という人物の連絡先わかりますよね」

姫川が言った。

「わかるけど」

「現在地を特定します」

姫川は黄以子から受け取った花岡のＩＤを端末に打ち込み、瞬く間の操作で「ビンゴ」とつぶやいた。

「花岡は四時間前に三浦アルプスに到着し、そこで位置情報が途切れています。萱研究所はジャマーを設置しているでしょうから、建物内に入ったまま出てきていないということでしょう」

「黄以子さん、倉庫の場所わかりますよね。すぐに」

「待て待て探偵」

意外にもタカが慎重な態度を見せた。

「闇雲につっこんでも人質は助けられねぇ」

「確かに、入った途端に落ちる天井とか、体がサイコロステーキみたいに切れるワイヤーとか仕掛けられてるんじゃ……」

黄以子が例によってネガティブな妄想たくましく言う。

「侵入に使えそうな道具は用意してある」

離れたソファで静観していた星が言った。

タカはスーツを着込む。

「道具屋、俺にもなんかよこせ秘密道具」

星はつまらなそうな顔ながらも頷く。

星がルービックキューブ型の道具の説明をしている時、「必要なもの取りに行く」と外出していたリュウが窓から戻ってきた。「準備万端」とスクワットをする姿は、少し着ぶくれしていて、風真は「忘れ物」にピンときた。でもとりあえず、ドアから入ってきてほしい。

「映画なら今から第三幕ってところだ」

ふと星が風真に話しかけてきた。

「うん」

映画好きな星らしい発言だ。だがすぐに星は、いつになく芯《しん》のある声になった。

「計画がうまくいったとして、助けたあとインドのトンボは、どうなる?」

考えないようにしていた問いだった。始とアンナを助けたとしても、元通りの生活には戻れない。アンナは自らの存在を受け入れられるのか。風真は深く息を吸って吐いた。

「さっき言った通りだよ。どんな生い立ちかなんて関係ない。大丈夫」

星は少し間を置いてから頷いて言った。

「確かに、あの子もどこへだって行けるな」

長い付き合いで聞いたことがない、優しい声音だった。

＊

モニターの中でデータが解凍されていく。残り、五パーセント……三パーセント……一パーセント。

見守る朋美を定期的な頭痛が襲う。頭痛とともにモニターが滲《にじ》む。HSCMが視力まで奪い始めている。

もう少しだ。死への一択だった運命が変わる。母にできなかったことが、できる。

「私は勝つ」

傍にいる大和や志葉、研究員たちのだれにも届かない声でつぶやいた。瞼を押さえる。

この瞬間まで自覚がなかった、と言ったら嘘になる。朋美は母に挑んでいたのだ。

——朋美は生きてどうするの。

あの問いの答えなど、生きてみなければわからない。

目を開く。一時的な視力低下は治まり、モニターは鮮明に見えていた。

無数の遺伝子情報が開かれていく。

え?

その意味するものを理解するのに数秒を要した。

朋美は部屋を飛び出す。大和も察して後ろからついてくるが、振り返りもせずルームAに入った。

立花始は厳粛な番人のように佇んでいた。

「立花先生。データが膨大な理由ですが、もしやＨＳＣＭを引き起こす遺伝子は一つではない？」

「……ああ。複数の遺伝子が複雑に絡み合い疾患を生み出している」

「そしてあなたはそのすべてを解明したわけではなかった？」

「人間の体は複雑で神秘的だ。地道に一歩ずつ研究しなければ謎は解けない」

「なぜもっと早く言わなかった！」

大和の怒声が轟いた。始は首を横に振った。

「二十年前に言ったはずだ。本当に人体に適用できるかはわからない、と」

「監禁されているこの数ヵ月間も黙っていた」

「正直に話したところで信じたか？　科学に不可欠な人間同士の信頼が、菅研にはない。だから言わなかった」

朋美にとってこれ以上ない皮肉な言葉だった。私だったら嘘じゃないとわかったのに。

大和が摑みかかるように始に歩み寄る。始は微動だにしなかった。

「美神アンナの、天才性もか？」

「ゲノム編集によるものか育った環境に由来するものか、だれにもわからない。人間はおまえが考えるような簡単な機械じゃないんだ」

ガッ、と原始的な音がした。大和が始を殴ったのだった。よろめいた始よりも顔を赤くした大和は、持て余した拳を壁に叩きつけた。

――あなたにできるの？　朋美。私にできなかったことが、できるの？

朋美は爪が食い込むほど強く拳を握っていた。自らの手で動かせると思った運命の大河は、流れを変えずに進み続ける。死に向かって。

すべては無駄な抵抗だった。自分に課せられた役目はいったい何だったのか。

母と同じように、菅研究所を守ること、か。

「やってられないですね」

朋美は壁のスイッチを押す。窓が開き、隣のルームBで拘束されたアンナが身じろぎした。マイクのスイッチを押す。

「今から二つの部屋の酸素を抜きます。親子仲よく死んでください」

「アンナは俺の大切な家族なんだ。アンナだけでも助けてくれ」

叫ぶ始を冷ややかに見返す。

「家族だから？　大切な人だから？　家族がいない人間は、だれからも大切だと言われない人間は、死んでもいいのですか？」

激しく始が首を横に振る。

「どんな人間にも等しく生きる権利がある」

「綺麗事《きれいごと》はたくさんです」

朋美は大和と目配せをした。並んで部屋を出る。花岡たちのいる管理ルームに入った。

「いいんですね？　所長」

「菅研にとってのリスクは排除する。私の役目です」

大和が酸素制御スイッチに手を伸ばした。

＊

「ぬぉぉぉおおおおおお！」

「拜托了《バイトウオラ》！　救命啊《ジュウミンア》、救命啊アアアアッ」

「無理無理無理無理無理無理……」

「俺の車が壊れるだろバカタたたたたーっ！」

黄以子の運転するサバーバンで各自の断末魔《だんまつま》が響く。リュウとタカと凪沙、栗田だ。助手席の風真はさすがに何度か乗っているので慣れ……てはいない。

「ぐっふうーっ。カーブがきついっ！」

車は山道を、ガードレールすれすれに縫って走っていく。落ちたら崖から真《ま》っ逆《さか》さまだ。

「アメ車はやっぱりワイルドだな。手なずけ甲斐《がい》がある！」

運転する黄以子は例によってドSスピード狂モードに豹変《ひょうへん》している。初めて運転する車種だろうに、メーターの針を振り切れさせるのが目的とばかりの速度を出していた。

「黄以子さん、慣れない車ですからさすがに……」

「やかましいんだよヘタレ男ども！」

「私、女だけど！」

凪沙の苦情もドライバーの耳には入らない。

弾丸の速度で夜の三浦アルプスを駆け抜け、水たまりの水を撥《は》ね上げる。オフロードをものともせず藪《やぶ》を切り裂くと開けた土地に出た。

車がドリフトして停まる。

「車はここまでね」

「うっぷ……」

グロッキー状態の乗員たちは車から降りて空気を吸った。周囲の森林は静まり返っていた。近くには微かに川の流れる音がする。

「星のインカムは皆装着してるな？」

栗田の確認に皆が頷く。星が作った骨伝導イヤホンの上位機種だ。

『通信は問題ない』

星の声がイヤホンから届く。事務所からの通信状態もクリアだ。事務所には星、姫川、ユージ、緋邑が待機している。

「行きましょう。この道です」

山道には当然ながら外灯などない。足元を各自スマホやフラッシュライトで照らしながら、慎重に山道を進む。開けた場所に灰色の倉庫が現れた。佇むコンクリートの建物は倉庫というより山奥の廃墟という肩書の方が似合う。スマホを見ると圏外になっていた。菅研のジャマーの影響だろう。インカムは正常に機能している。

「真っ暗だな。こいつの出番か」

タカが星の暗視ゴーグルを嵌めた。「うおっ、すげぇ」と言いながら首を左右に振る。

「あれは！　フクロウか？　ミミズクか？」

「野鳥の観察に来たわけじゃないんで！」

「わかってるよ。周りに人影はなしだ」

「入り口はこっちですけど」

黄以子が先導しようとした時、栗田の手首から電子音がした。

「おっと。反応あり」

たじみんこと多治見《たじみ》が使用していた、カメラや盗聴器に反応する高性能腕時計だ。方角はまさに倉庫の正面入り口。タカがゴーグルを向け、ズームボタンを押す。

「見えたぜ。庇《ひさし》の下に監視カメラ」

「次の道具、じゃん！」風真はドラえもんになったつもりで星作の四角いカップ形の装置を取り出す。特殊な投影機だ。

「レンズに嵌め込むと偽の景色を流し続けるらしいです」

四人は距離を取って大回りで倉庫に近づく。カメラの死角の下に集まる。高所の外壁に同化したステルスカメラだ。この暗さの中、肉眼では見落としていただろう。

「けどどうやってあの高さに？」

「無問題！」

不安げな黄以子の声を打ち消し、リュウが腕まくりした。

リュウはカメラの位置を確認するとタカに、「馬になって」とつぶやく。

「う、馬？　ひ、ひひーん」

「大バカタレ！」

「リュウくん、俺がやるよ」

風真は体を折って膝を摑む。子どもの頃馬跳びで遊んで以来の体勢になった。

「ちょっと我慢ね」

リュウが助走をつけ、地面を蹴った。背中に衝撃が刺さる。「ふん！」と唸《うな》って耐えて、顔を上げる。風真を踏み台にしたリュウは、監視カメラの上の、狭い庇に飛び移っていた。

一同がどよめいている間にリュウは装置をカメラに被せてひらりと着地した。親指を立てる。

風真は倉庫の扉の鍵穴にピッキング工具を差し込んだ。

「そいつも道具屋のか？」

「いえ自前です。昔、鍵屋のバイトしてたんで」

難しい錠ではなく、一分ほどで鍵が開いた。ゆっくりと開く。

扉の隙間からタカが暗視ゴーグルで見回し、風真は探知機をつっこみ、「オーケー」と声をそろえる。すばやく侵入し、風真と栗田がフラッシュライトを点灯させた。中は小さめの体育館ぐらいの広さだ。コンクリートむき出しの壁に囲まれている。窓は板で塞がれていた。電灯のスイッチはあるが、点灯する勇気は出ない。

「そこそこ広いな。左右二手に分かれてドアを探すぞ」

栗田がテキパキと言う。

「えぇ？　ホラー映画で二手に分かれたら惨劇が起きるんじゃや……」

車の中が嘘のように青ざめる黄以子を風真とタカは引っぱって左回りを選んだ。「僕、この人の情緒が心配」とリュウが言い、栗田、凪沙とともに右回りに進む。

「段ボール箱だらけだ」

「火鬼壱さんが私物やら会社でいらなくなったものやらを一時保管するのに使っていたらしいです」

「なるほど。表向きはそういう……」

風真は壁の上部を照らした。途端、こちらを見下ろす澁澤火鬼壱の顔が闇に現れた。

「ひえぇっ！」

「きゃっ。なになに？」

悲鳴を上げて黄以子はしゃがみこみ、タカに至っては段ボール箱に躓《つまず》いて頭から転倒した。

「すいません、絵でした。肖像画」

「本当だ。火鬼壱さん……」

赤の他人にすれば不気味な存在感の絵だが、黄以子には特別な思いが去来したらしい。

「ったく倉庫にまで自画像飾るなんて、あのじいさんは」

赤の他人代表のタカは毒づいて立ち上がった。

逆回りしていた栗田たちの声とライトがあっという間に合流した。

「何もなかったぞ」

「どこにも入り口なんかないケド」

「たぶん隠し扉だと思うんだけど」

『ALSライト』

イヤホンから星の乾いた声がした。

「えーえるえす?」

「おっ。そんなのもあったのか」

タカが星リュックをまさぐる。取り出されたのは一見ただの懐中電灯だ。

「鑑識や科捜研が使ってるぜ」

スイッチを入れて緑がかった光であちこちをゆっくり照らしていく。本棚にライトが当たった時、「ストップ」と栗田が叫ぶ。

タカが本棚を再度ゆっくり照らす。

明らかな違和感があった。緑色に発光する汚れが、棚上部の一冊の本と棚最下段のスペースに集中して浮かび上がっている。見れば発光しているのは大量の指紋だった。

「つまり、こういうことか」

栗田が指紋まみれの本を引き抜く。百科事典だ。それを最下段のスペースに移動させる。かちゃり、という音が確かにした。

次の瞬間、本棚が自動的に横にずれた。扉とタッチパネルが現れる。タカがひゅーと口笛を吹いた。

「うっ。生体認証」

ダメもとで掌をかざすが、当然反応しない。扉は手をかける部分こそあるが、引いても押してもびくともしなかった。

「姫ちゃん、ハッキングとか、どうにかできない？」

『無茶苦茶言わないでください』

「だよね。でもどうにか入らないと」

『ハッキングはマルウェアを用いるものばかりじゃないですよ、風真さん』

「えっ？」

『入れないなら出てきてもらうんです』

姫川が言った。

＊

大和が酸素制御スイッチに手をかけた時だった。警戒アラームが天井のスピーカーからけたたましく鳴った。

「ん？　どうした」

「表の倉庫の監視カメラが破壊されました」

有坂がパソコンを操作し外の様子をモニターに表示する。大和は「なに？」と思わずつぶやいていた。

朋美が深いため息をつく。

「おそらく、ネメシス」

「どうしてここが……！」

「風真さんたちが⁉」

窓越しにモニターを見たアンナが叫ぶ。その声音に想像以上の希望の響きがあったことに大和は苛立った。

「志葉。排除だ」

大和は指示した。壁にもたれていた志葉が膝をさする。

「まじでしつこい奴らっすねぇ」

「警備班を連れていきなさい」

鋭く朋美が言う。

「俺一人で余裕っすよ?」

「嘘ね」

「……はいはい。了解」

頭を掻いて志葉が出ていくと、朋美は大和を見た。

「スイッチを」

「はい」

「大和」

始が名を呼んでくる。顔を上げると目線をまっすぐ捉えられてしまった。その先はもう何も言うつもりはないらしい。ただ、二十年前に幾度も聞いた呼び声が、大和に躊躇を呼び起こした。

だからこそすべてを振り切り、大和はスイッチを押した。警報とともに二つの部屋から酸素の排出が始まる。大和たちはルームAを後にした。

＊

段ボール箱の山に隠れて風真は息を潜める。

姫川の策は、中の人間に扉を開かせるというシンプルなものだった。そのために風真たちはあえて一度倉庫を出て入り口の監視カメラを壊した。間違いなく菅研が風真たちを取り押さえに来るだろう。そこを逆に奇襲し、侵入する作戦。

風真は顔を上げる。

数メートル離れた位置で黄以子とリュウ、タカがそれぞれ隠れていた。

わずかに異音がした。壁の奥、地下からだ。歯車が回るような音。手に汗をかく。

もとに戻しておいた本棚が自動的に動いた。再び現れた扉が開く。中はエレベーターシャフトになっているようだ。五人の男たちが乗っている。中心に立つのは志葉だ。

「到着しました」

無線機に向けて言い、けだるげに志葉がエレベーターを出る。手下四人はライトが一体化した警棒を手に続く。一歩、二歩、三歩、四歩……。風真は床に這《は》いつくばって、集団がドアの前に差しかかるのを待った。志葉がドアに手をかける。

今だ！

風真と黄以子は飛び出してエレベーターに走った。

「あ、あいつら！」

気づかれた。が、振り返らずエレベーター前にたどり着き、「開」ボタンを押した。風真たちを追いかけようとしていた男は地面に転がっていた。リュウが馬乗りになっている。

「この野郎」

別の男が警棒を振り下ろす。リュウは側転宙返りで避けながら同時に手首を蹴り上げた。警棒が宙を舞い、リュウの手に収まる。

「動くな！」

リュウと並んでタカが男たちのほうに腕を上げている。拳銃《けんじゅう》を向けていた。

警棒を突き出すリュウと銃を構えたタカが男たちと向き合い、牽制《けんせい》する。風真と黄以子が待つエレベーターに後退してくる。

「リュウくん、タカさん急いで」

黄以子が焦《じ》れたように言う。

「ったく油断ならねぇな」

膠着《こうちゃく》した五人の男たちの中から、志葉が歩み出てきた。嫌な予感が風真の頭を過《よぎ》る。

「動くなって言ってんだろ」

タカが銃口を向けるが志葉は両手を広げながら歩みを止めない。

「違法捜査中のくせに撃てんのか？」

「試すか？」

タカが凄む。志葉がニヤニヤと笑って、ふいに横にずれた。真後ろに立っていた手下が警棒のライトを突き出していることに風真たちはだれも気づかなかった。直射を顔に受けたタカが「おわっ」と目を覆う。

瞬く間に志葉がタカの手から拳銃を弾き飛ばし、殴り倒す。

「タカさん！」

志葉は怯《ひる》んだリュウがまったく動けないうちに手首を極《き》めて警棒を奪い返した。リュウの胸、腹、胸を滅多打ちにする。

「ほぐあぁっ！」

絶叫するリュウの腹に最後は警棒の突きが入る。リュウの体が吹っ飛んで倒れた。

「ひいっ」

目の当たりにした風真は息を呑んだ。

志葉がくるくる優雅に警棒を回した。手下二人に「外を見てこい。仲間がいるはずだ」と指示し、自分は風真と黄以子に足を向ける。

「ハオツー！　大丈夫かぉい！」

叫ぶタカは男たちに組み伏せられている。倒れたリュウは微動だにしない。

「絶対あばら折れてるよリュウさん……内臓も破損して……あああぁ」

隣で黄以子が絶望的な声を漏らし、へたり込んだ。風真はエレベーターのボタンを押し続け、立ち尽くすことしかできない。志葉が口笛を吹いて迫る。

風真は頭を抱えた。

「ゲームセットだな？　探偵さん」

「ううううぅ………どうかな？」

「あ？」

志葉の背後。倉庫のドアの隙間から、ルービックキューブが滑り込んでくる。外に出ようとしていた男二人が怪訝《けげん》そうに見下ろす。

「黄以子さん」

　風真は合図し、二人で両目を覆う。

＊

　サングラスをかけた栗田は倉庫のドアの外で、星の「フラッシュルービックキューブバージョン2」を所定の操作で一面そろえる。バージョン1がいつどこで使われたのかは知らない。傍らの凪沙もサングラスをかける。

　中の様子がイヤホンから聞こえる。敵が外に出ようとしたタイミングを見計らい、ドアの隙間からキューブを投げ入れた。

　雷が落ちたようなフラッシュがキューブから放たれ、倉庫が白く染まった。

　男たちのどよめきが重なる。

「今だ」

　サングラスを外して栗田と凪沙は倉庫内に飛びこむ。ドアの傍で顔を覆っている男を張り倒す。

　目を瞑ってがむしゃらに警棒を振り回している二人目を凪沙が蹴り上げた。倒れた男の太ももをヒールで踏みつける。絶叫が上がる。

中へ進むとタカが二人相手と格闘していた。栗田は一人に体当たりを食らわせる。警棒のリーチ差を埋めるため組み付き、力任せに抱え上げた。そしてタカにハンマーロックをかけられている男の上に叩き落とす。グロッキー状態の二人を放置して踏み出した時、エレベーターの傍から黄以子の悲鳴が響いた。

床に風真が倒れている。横で志葉が黄以子の首を摑んでいた。

目は眩《くら》んでいるらしく瞼を閉じていた。おそらく聴覚で風真と黄以子を捉えたのだ。栗田は初めて志葉を見たが、相当な手練《てだ》れだと三十年の探偵経験が告げている。

「ったく。結局俺が一人でやるのかよ〜」

志葉がぼやく。風真が腹を押さえて立ち上がった。

「彼女を放せ」

「首をへし折ったらな」

牽制ではなく本気だ、と感じ栗田はゾッとした。志葉の腕が黄以子の首にかかる。

「たぁーっ」

横から飛び出してきた人影の蹴りが志葉の肩を打った。解放された黄以子を栗田は引き離す。

「大丈夫か」

風真の隣に運び、二人を庇《かば》うように立って志葉たちに目を戻す。

よろめいた志葉が目を瞬かせていた。自分を蹴った相手がリュウだと気づき、驚愕の表情を浮かべる。

「なんで動けてん……」

戸惑う志葉にリュウがマシンガンのようなパンチの連打を畳みかけた。志葉が本棚に押し飛ばされる。志葉は落ちた本をリュウの顔に投げつけ、怯んだリュウの腕を固めにかかる。

「ハオッー！」

リュウを庇ってタカが殴りかかった。リュウを投げ倒した志葉は手の甲でタカのパンチを受け流す。視力が回復している様子で、ニヤニヤと刑事を見返した。

「帰んなよおまわりさん」

「相棒の借り返してからな」

タカが再び拳を振るう。志葉は躱して肘《ひじ》でカウンターを返す。顔を打たれ屈んだタカを踏み台にリュウが宙に飛ぶ。志葉が両腕をクロスさせて顔をガードする。

が、飛び蹴りはフェイントだ。リュウは吸い付くように着地し、志葉の右ふくらはぎを蹴りつける。タカがすかさず同じ箇所を殴った。志葉が大きくバランスを崩す。

二人が狙ったのはユージがドライバーで刺した箇所だ、と栗田は気づく。

リュウが跳ね起きる反動で志葉の胸を蹴りつけた。倒れながら志葉は身を捻り、独楽《こま》のような円を描いて距離を取る。膝立ちした時には拳銃が握られていた。タカの拳銃だ。

タカが固まる。志葉は唇から流れる血を舐め、タカに向けて躊躇いなく引き金を引く。

カチ、と拳銃から金属音が響いた。カチ、カチ、とハンマーが弾倉を叩く。次に響いたのは金属音ではなく志葉の舌打ちだった。

志葉が銃を投げつけるのと、タカとリュウが走り込んだのは同時だ。料理人の渾身《こんしん》の蹴りが志葉の顔にクリーンヒットする。よろめく志葉にタカが一本背負いを決めた。

観客のごとく、よし、と栗田はガッツポーズを取った。

タカがすかさず志葉を後ろ手にして手錠をかけた。息を切らしたタカは拳銃を拾い、空の弾倉を開いて見せた。

「おまえの言う通り、違法捜査中には撃てねぇよ」

舌打ちした志葉がリュウに視線を移して脱力したように笑う。

「ズルいじゃねーか」

リュウは上着を脱ぎ捨てている。シャツの上には〈天狗サーモン事件〉でも使用したプロテクターを着込んでいた。

「骨、折れるの嫌だからネ。黄以子さん、風真さんナイス演技ヨ」

「二人とも大丈夫か」

栗田は二人に言う。タカもリュウも顔に痣を作っていた。

「無問題。でも皆、早く行って」

リュウは首を回した。志葉の四人の手下たちがよろよろと立ち上がっている。

「ここは俺たちが押さえてる」

タカが言った。

「でも」

『俺の相棒に任せとけ』

イヤホンから今度はユージの声が届く。

「わ、私も残る」

黄以子が特殊警棒を拾って両手で構えていた。ぎこちない構え方だ。

「車を運転するつもりで、やってみます」

三人が並び立つ。

躊躇は禁物だ、と栗田はすぐに振り切る。

「風真、神田さん。先に進むぞ」

栗田は特殊警棒を一つ拾った。風真、凪沙とともにエレベーターに乗り込む。

「全部終わったらうちの料理でパーティーだヨ」

リュウが朗《ほが》らかに言う。

「死亡フラグ立てないでぇ〜」

黄以子の悲鳴を最後に聞いて、エレベーターの扉が閉まった。死亡フラグか。叩き折るべきフラグだ。

『風真さん、僕が持たせたUSBメモリをなる早でメインサーバーに挿してください』

イヤホンから姫川の声がする。

『その前に俺の道具。SLの出番だ』

今度は星の声だ。

「了解了解。人気者はつらい！」

風真が両者から預かったものをばたばたと用意した。栗田は扉のサイドに立ち、警棒を構えた。凪沙も反対側に屈んでいる。

ほどなくエレベーターが止まり、扉が開いた。目の前には細長いリノリウムの廊下。人影はない。ここが十九年間捜し続けた、菅研究所。探偵としての血が騒ぐ。

栗田は先陣を切った。

*

酸素の排出が始まってから、アンナはなるだけ浅い呼吸をして身を屈めていた。徐々に部屋の空気が薄くなってくる。

「アンナ」

窓越しに隣の部屋の父が呼ぶ声がする。

「必ずお父さんだけでも助ける」

始は首を横に振った。

「俺はいい。おまえは自分が助かることだけ考えろ」

「できないよ!」

酸素が無駄になるとわかっているのに叫んでいた。

「お父さんはもう、私のために自分を犠牲にしないで」

「違う。俺は」

ふいに外から警報音が聞こえてきた。

＊

解析室。大和は腕時計を見た。志葉と警備員が出ていってからまもなく十分。片はついた頃だろうか。モニターにはルームAとBが映っている。酸素排出は続いている。立花始も美神アンナもまだ平然としているが、あと数分で呼吸に支障をきたし始めるだろう。

突然ジリリリリ、とけたたましいアラームが鳴り響いたのはそんな時だった。

「今度はなんだ?」

火災です避難してください、と、機械的なアナウンスが研究所内に流れ始めた。

「火災?」

朋美が眉をひそめた。

火災報知器の仕様により、部屋のドアが自動で開く。それはモニターに映るルームA、Bも例外ではない。もっとも人質の二人は拘束されていて動けないが、酸素排出が意味をなさなくなる。

「バカな」

大和は言って廊下に顔を出す。すぐにハンカチで口と鼻を覆った。異臭を発する煙が漂っている。

スプリンクラーが作動して水が噴き出し始めた。

「所長、大和さん、とにかく外へ」

花岡たち研究員が急いて言うが、朋美は冷静に言った。

「この騒ぎはたぶん陽動です。花岡さんと有坂さんはここに残って様子を見てください」

指名された二人が顔を見合わせるが、朋美が淡々と続けた。

「他の皆は避難を。大和さんは私と美神親子の監禁部屋へ。残っている警備班も呼んでください」

「ネメシスの連中がこの騒ぎを？　志葉は？」

「落ちたんでしょう」

まさかと思うが他に考えようがない。

「最終手段も覚悟しておきましょう」

朋美が天井を見つめて言った。最終手段。すなわち菅研究所の放棄。

「わかりました。行きましょう」

朋美が先に廊下に出る。続く前に、大和はデスクの引き出しを開けた。電動注射器を持ち出しポケットに入れる。

体を濡《ぬ》らされる不快感にさらされながら廊下を歩く。忌々《いまいま》しい。立花始、アンナ、風真も栗田もその協力者たち全員も。

なぜ邪魔をするのか。問いかければ、彼らは格式ばった正義やモラルや、人情を口にするのだろう。そして萱研の罪を責める。

愚かしい。未来を腐らせることの方が罪だ。大和たちは未来を救う研究をしている。理解しろなどとは言わない。理解できないなら邪魔をしないでほしいだけだった。それなのに彼らは全力で研究所を潰そうとしている。天才が導く豊かな未来を否定しようとしているのだ。言語道断だ。

——あなたも自分勝手な権力者。

——人の心が信用できない科学者が未来を語らないでよ。

アンナの言葉が突如よみがえった。ただの言葉だというのに、ゲノム編集ベビーである彼女が口にしたからだろうか。聞き流すことができなかった。萱研が悪である自覚はある。だが必要悪だと信じている。なのにどうしてアンナの言葉で、悲しみを覚えたのだろう。

踏み出した靴の中に水が入り、ハッとする。大和は雑念を振り払った。今やるべきことは決まっている。始とアンナの消去だ。探偵風情に萱研を終わらされてたまるものか。

途中で警備班が二名合流する。

「二人だけか？」

「残りは志葉さんと上に行ったきりで」

若い警備員が言う。

突如、ぽっぽー、という場違いにのどかな音が前方から聞こえてきた。

廊下をこちらに向かって走ってくるのは、おもちゃのSL機関車だ。異様な速度で、煙突から煙を噴き上げている。火災報知器が反応したのはこの煙のせいだ。

大和は壁の消火器を投げつけて機関車を粉砕した。何台走らせているのか知らないが、こんなくだらないもので研究所がパニック状態だというのか。

と、無線から花岡の声がした。

『こちら解析室。ルームBで美神アンナが――』

朋美がスプリンクラーの雨をものともせず歩みを速めた。

＊

火災です、という音声が繰り返される。アンナは高揚感が湧いてくるのがわかった。きっと風真たちが侵入して、助け出そうとしてくれているに違いない。

頼りなかったり鬱陶しかったりすることもあるけど、だれより信じることのできる二人の探偵がもうすぐ来る。

監禁されている部屋のドアが自動で開放された。

拳を握って監視カメラを睨む。見られていたとしてもかまわない。今がチャンスだ。掌を開く。有坂から取ったものは、髪の長い彼女ならポケットに入れている確率が高いと思った、ヘアピンだ。

腰の拘束具の鍵穴にヘアピンを差し込む。ネメシスで働き始めた日、「探偵といえばこれでしょ！」と身近なもので鍵を開ける練習をしていたら栗田に、「探偵と泥棒は違うぞバカタレ」と怒られた。少し、もう懐かしい。

かちりと鍵が開く。鎖が床に落ち、体が風船のように軽くなる。手錠を外す時間はない。ドアから飛び出した。

隣の部屋のドアも開放されている。アンナは迷わず飛びこんだ。

「お父さん！」

「アンナか」

「今助ける」

駆け寄って父の手に触れた瞬間、背後で足音がした。ドアから、大和と二人の若い男がなだれ込んできた。

*

星の機関車を次々走らせながら風真たちは廊下を走った。たまに出くわす研究員たちは逃げることに精一杯で風真たちに気を留めない様子だ。

もぬけの殻の部屋が続く中、前方の広い部屋から人の声が聞こえてきた。足音を忍ばせて開いたドアに近づく。パソコンが並ぶデスクの前で男女一人ずつの研究員がモニターを見ていた。

「男は花岡」

凪沙が後ろでささやく。風真は二人が見ているモニターを、目を凝《こ》らして見つめた。ぎょっとした。

「モニターにアンナと先生が映ってます」

聞くが早いか栗田が飛びこんでいった。ただでさえ不意をつかれた花岡たちの前で、特殊警棒をデスクに叩きつける。

「うわあっ」

花岡が椅子から転げ落ちる。逃げた先に凪沙が立《た》ち塞《ふさ》がった。

「久しぶりです。その節は」

にこやかに凪沙が言い、再び花岡は尻《しり》もちをつくことになった。

「この部屋はどこだ?」

モニターを警棒で指して栗田が言う。顔面蒼白《そうはく》なロングヘアの女性研究員は黙秘、とばかりに唇を噛む。

「失礼しますよ」

風真はサーバーに姫川のUSBメモリを挿した。摑みかかってきた女性研究員を栗田が床に引き倒した。

「姫ちゃん」

『任せてください』

ふと風真は作業台に置かれたものに気づいた。解体されたアンナのネックレスだ。

ほどなくパソコン画面にノイズが走り、三頭身の姫川を模したアバターが現れる。アバターは、テッテレーとしか形容できないBGMに合わせ『乗っ取り成功!』のプラカードを掲げた。研究所内の立体マップが表示される。

「な、な、何をした?」

狼狽《ろうばい》する花岡に風真は答えた。

「天才AI学者がマルウェアを送り込んだんです。もうここのシステムは終わりです」

『監視カメラに写っている部屋は、廊下を出て右へ、突き当たりを右です』

モニターではアンナが大和たちとにらみ合っている。アンナの後ろでは始が鎖でつながれていた。一刻の猶予もない。

へたり込む二人の研究員を残して風真たちは廊下に飛び出る。

＊

アンナは三方向から迫る大和と男たちに絶えず視線を向ける。

「悪あがきは嫌いだ」

大和がアンナを睨んで言う。手には電動注射器を握っていた。睡眠薬ならまだましだ。毒薬が入っているのかも。あとの二人は警棒。対して自分は丸腰で、両手は手錠がかけられたままだ。圧倒的に不利。

呼吸を整える。父を守らなければ。両手を封じられていてもカラリパヤットは使える。

アンナは〈馬の型《アシュワ・バディブ》〉で身構えた。

「かかってきなよ」

「殺せ」

大和が鋭く言う。

「ちょっと待ったぁーっ」

場違いで拍子《ひょうし》抜《ぬ》けする、それでいてほっとするような叫び声が部屋に入ってきた。風真だった。

「アンナ！　無事か？」

安堵《あんど》感でこぼれそうになった涙をぎりぎりで堪《こら》えて、アンナは言った。

「当然です。遅い。風真さん」

「ごめん。……っておかしくない？」

「緊張感を欠くんじゃねぇバカタレ」

「間に合ってよかった」

風真に続いて栗田、凪沙が姿を現した。

「逃げられるとでも？」

大和が電動注射器を向けた。栗田が特殊警棒を投げつける。大和が身を躱す。風真がアンナと警棒を持った男二人の間に割り込んできた。

「アンナ、下がっ」

言い終える前にアンナは風真の脇《わき》から飛び出し、手錠が嵌められたままの両腕を振るい、一人目の両足を摑んで重心を崩す。男の体が半回転して倒れる。二人目が背後に回ったのを視界の隅に捉える。即座に回し蹴りを放ち、二人目の警棒も弾き飛ばした。

「……てなくていいや」

「お父さんの鍵を外せますか?」

「お、おう任せろ!」

起き上がろうとする一人目の男の首に〈鶏の型《ククダ・パディブ》〉からの踵《かかと》落としを打つ。手ごたえあり。男がぐったりとした。

「くそっ」

二人目が警棒を拾おうと動く。一手早く凪沙が警棒を蹴飛ばす。

「ありがと凪沙さん」

武器を取りそびれて、徒手でかかってきた男をアンナは冷静に見据えた。手錠の鎖で拳を受ける。そのまま手首を鎖で固めて間合いを一息に詰めた。ガクンと前屈《まえかが》みになった男の喉に肘を入れる。ひゅっ、と悲鳴を上げて二人目も倒れた。志葉に比べれば造作ない相手だ。

残りは大和だけだ。栗田を電動注射器で牽制している。

「観念しろ」

「黙れ」

大和は注射器を突き出し、栗田が身を引いた隙に部屋を飛び出した。追いかけようとした栗田だが、踵を返した。大和の深追いよりも脱出を優先する判断だ、とアンナにはわかった。

後ろでがちゃ、と鎖が落ちる音がする。風真がピッキング工具で父の拘束を解いたところだった。

「すまなかった。風真。栗田も」

「先生、もう何も謝らないでください」

風真は涙ぐんで言った。

「俺が好きでやったことだ」

栗田はハットに手を当てた。

「ともかく脱出するぞ。アンナの手錠も外してやれ鍵屋」

「俺、探偵です」

頬を膨らませながらも風真がアンナの手錠の鍵穴に工具を差し込む。数秒で左手の輪が外れて両腕が自由になる。

「今はこれだけでいいです」

右手首に手錠がぶら下がった状態でアンナは言った。

「お父さん、行こう」

最後に会った時よりやせ細った始の手を引く。

「ああ。家に帰ろう」

優しい、温かいスープのような微笑み。この微笑みがずっと、ずっと一緒にいてアンナを守っていた。疫病神の私を。

堪えきれず涙が流れ落ちる。本当は泣きじゃくってしまいそうだったが、どうにか一筋で拭い去った。自分のこと、これからのことはまだ整理できていない。考えるのは帰ってからだ。

またも警告音が鳴り響いたのは、廊下に出てすぐだった。

「姫ちゃん?」

『僕は何もしていません』

イヤホンの声がアンナにも届く。

研究所内のスピーカーから自動音声が流れだす。『退避してください。当研究所は十分後に閉鎖されます。退避してください――』。機械的な繰り返しが、不吉だ。

「言われんでも退避だ」

栗田が進もうとした先を隔壁が閉鎖した。

「はぁ⁉」

「姫ちゃん？　どうにかして」

『ダメです。メインとは別の回線で動いてる。こちらからはどうしようもない』

「他のルートは？　さすがに下りてきたところ以外にも非常口あるでしょ？」

『ありますがその隔壁の先なんです！』

珍しく焦りの滲んだ声だった。

アンナは背後を振り返る。大和が走っていった方向は隔壁とは反対だった。

「姫川さん、廊下を反対に進んだ先は？」

＊

所長室のソファに朋美は腰かけていた。スプリンクラーの水で体は冷えていたが、どうでもよかった。

「所長」

入り口に大和が立っている。朋美のデスクのパソコンを見て言った。カウントダウンが始まっている。十分後に研究所を崩壊させる、爆破装置のカウントが。

「最終手段を取ったんですね」

「勝手に起動させてすみません」

「権限は所長にある」

「姫川のマルウェアでメインシステムは使い物にならなくなりました。もう終わりです」

大和が悔しそうに目を閉じた。

「エレベーターに続く隔壁を作動させました。美神アンナたちは研究所もろとも生き埋めです。大和さんは非常口へ」

「所長も逃げましょう」

「私は残ります」

朋美の言葉に大和は「ご冗談を」と苦笑した。朋美はまっすぐその目を見返した。

「……本気ですか？」

「ええ」

「なぜ。まだネックレスのデータが残っている。不完全ではあるが、今後の大きな研究材料ですよ。新天地でやり直しましょう。立花が止めた時間を我々が動かすんだ」

強い信念に満ちた大和の言葉なのに、ひどく空虚に感じた。

「私はもう疲れました」

大和が絶句する。

「いつか研究が実を結ぶとしても私には時間がない。ここで離脱します」

朋美の手は小刻みに痙攣していた。

数秒間の沈黙が流れた。退避を促《うなが》す自動アナウンスだけが世界の音だった。

「大和さんは行ってください。非常口がネメシスに見つかったら台無しです」

「承知しました」

ややあって大和が言った。

「私は先代所長に見出《みいだ》されました。あなたが先代に複雑な感情を抱いているのは知っていますが。研究成果を出すことで恩義を返したいと思っていた」

「そうでしたか」

「ですが今は純粋に、あなたとともに仕事ができて光栄だったと思う」

父と娘ほどの年齢差がありながら、一度たりとも朋美を見下さなかった律儀な男が、一礼してから所長室を出ていった。

見送ってから朋美は深いため息を落とした。

＊

廊下を走っていたアンナたちの前に、大和が現れた。壁の非常灯を見ていた大和は、アンナたちに気づき虚無の表情を向ける。

「やれやれ。台無しにしてしまったか」

と、独《ひと》り言《ご》つのが聞こえた。

「朋美ちゃんがこの先の部屋にいますね？」

姫川によって監視カメラで確認済みだった。

「隔壁の操作をしているのも朋美ちゃん」

「その通り。あと八分足らずで研究所は爆破される」

「ば、爆破⁉」

風真の声が裏返る。

「何考えてるんですか。止めてください！」

「無理だな」

大和は非常灯のカバーを取り外した。外した裏にタッチパネルがあった。大和がパスケースをかざす。ガクンという音がして壁がスライドした。

「また隠し扉。地上への出口ですね」

凪沙が言うと大和は首を横に振った。

「君たちはここで死ぬ。私は逃げ延びて研究を続けます」

「え？　朋美ちゃんは？」

アンナは戸惑って訊ねる。大和は答えを拒んで壁の中に足を踏み入れる。

「待て」

父がアンナの前に進み出た。止める間もなく大和に走り寄る。

「もう一度、共に研究をしないか？」

「なんですって？」

大和が立ち止まった。

「真っ当な科学者としてもう一度。俺と。夢があるんだろう？」

「夢は未来をつくる原動力」

「そうだ。大和。やり直せるはずだ」

瞬きをした大和の腕がポケットに伸びた。躊躇のない速さで電動注射器が取り出されたのをアンナは見た。その針が父の首に刺されるまで、一歩も動けなかった。

「お父さん？」

よろめいた父の体が床に倒れた。

＊

何が起きたのか風真はすぐには理解できなかった。

「お父さん！」

アンナが悲鳴を上げて始に駆け寄る。大和は電動注射器を持ったまま立ち尽くし、うわごとのように言った。

「夢は終わりだ」

と。

「何を打った⁉」

始を支え起こしながら栗田が怒鳴る。

「ペントバルビタール。その量では助からない」

大和が開いていた隠し扉を閉めて、パスケースから引き抜いた一枚のカードを折っていた。その行動の意図を考える余裕は風真にはない。体中の血が激流になったかのような衝動に駆られていた。自分のものとは思えない怒声を上げて大和に駆け寄る。

大和の動きは風真の手が届くより早かった。無表情のまま、二本目の注射器を自分自身の首に突き立てる。風真の手は空を切る。

「なっ、大和……さん」

大和は壁に背中をもたせかけて、崩れ落ちる。

「気が変わった。……私も、ここで」

呆然と風真は立ち尽くす。

「しっかりしろ始！」

栗田の悲痛な叫び。風真は大和に背を向けて始に駆け寄る。アンナに手を握られた始は目の焦点が合っていない。呼吸は小刻みで今にも止まりそうだった。

「先生、しっかりしてください！」

始は苦しそうに悶える。ペントバルビタールの過剰摂取の致死性は非常に高い。このままでは助からない。やっと会えたのに。助け出せたのに。どうすれば――。

「風真」

掠れた声で始が言った。

「はい、先生」

自分の声が涙声になっていることに、発してから気づく。

「おまえから研究を奪って、悪かった。これからは、やりたいことをやって、生きて
……」

「もう喋るな、始」

「栗田。おまえにも迷惑かけた……アンナのこと、ま、守ってくれ、て……ありがとう」

「ふざけんな！」

始は必死に視線を動かして、一番後ろの凪沙に目を向けた。

「お姉さんのこと、本当にすまなかった……」

「いいんです。真実は手に入れました」

凪沙は言って頭を下げた。頷いた始が最後にアンナを見つめる。

「アンナが生まれてきてくれて、本当に嬉しかった」

「お父さん……」

アンナは腕で必死に両目をこすって泣くまいとしている。始は握られていた手をほどき、娘の頭を撫でた。

「強くなくていい。生きて、いてくれたら。アンナ、世界は……溢れ、て……」

涙をひとしずく流した始の瞳は、それが最後の仕事だったかのように固く閉じて、二度と開くことはなかった。

アンナが泣きじゃくって始の体に縋《すが》りつく。風真も悲嘆にくれて尻もちをついた。凪沙は沈痛な面持ちで項垂れている。

真っ先に気持ちを切り替えたのは栗田だった。親友の亡骸《なきがら》から引《ひ》き剝《は》がすように顔を逸らして立ち上がる。

「時間がねぇ。皆、立て」

そうだ。脱出しなければ皆、死ぬ。アンナまで失ってたまるか。拳を床に打ってから風真も立った。

「扉を大和が」

栗田と風真は大和のもとへ向かう。大和は目を開いていた。虚空を見上げたまま、絶命していた。手の傍に折れたICカードが落ちている。ホテルやオフィスでも使われるセキュリティカードだろう。が、ICチップが割れて、パネルにかざしても反応しない。

「嘘だろおい」

扉を押すがびくともせず、栗田は風真を見た。

「カードキー、他にないか？」

「見てみます！」

風真は大和のポケットから飛び出したパスケースを取った。中に何か入っている。カードではない。折りたたまれた、それは写真だった。

くしゃくしゃに折り目のついた写真を開いた時、風真は言葉を失った。

写っているのは立花研究所の仲間たち。撮影場所は研究室、日付は、二〇〇一年一月十八日。

——みんなで記念写真を、撮りましょうよ。

あの日だ。

仲間たちの声や、澄んだ冬の空気、初めての実験成功の高揚感まで記憶の底からよみがえってきそうだった。

風真を見つめる写真の皆は笑顔だった。

中心には、慈愛の笑みを浮かべる始がいる。ダブルピースの風真の隣には、意味なくフラスコを持って笑う水帆。端っこに、大和もいる。笑おうとして瞬きをしてしまったという感じの、絶妙に間抜けな表情をして。

風真は写真を握りしめて、息絶えた大和を見つめた。視界が滲む。

「風真？　どうした」

風真は大和の開いたままだった瞼を閉じさせた。

「すいません。カードはないです」

凪沙が壁に同化したドアを叩く。

「それほど頑丈じゃない。どうにか壊せれば」

『リュックの一番奥だ！』

イヤホンで星がいつにない大声を上げる。風真は言われた通りに星リュックに手をつっこむ。ほとんどの秘密道具は使い果たしたが、一番下に硬い感触があった。引き抜く。

「斧《おの》みたいな形の道具。どうやって使うの？」

『ただの斧だ。振るって使う』

星が不貞腐《ふてくさ》れたような口調で言う。

「よし、貸せ」

栗田がドアに斧を叩きつける。刃先が食い込むが、浅い。栗田は再度振るう。

『隔壁の内側に備品室があります』

姫川の声も急いている。

『何か使えるものがあるかも』

『急げ。時間ねぇぞ！』

ユージが重ねて怒鳴る。

「私が見てきます」

凪沙が急ぎ足で廊下を引き返す。続こうとした風真はアンナを見て動きを止めた。アンナは涙に濡れた頬を袖《そで》で拭い、廊下の先にある部屋を見る。

「朋美ちゃんのところへ行く」

そう言って歩き出す。呼び止められる気配はない。

「おい」

止めようとする栗田を風真は制した。

「俺、一緒に行きます。朋美ちゃんがカードキー持ってるかもしれないし。社長と凪沙さんはここ、お願いします」

「……わかった。頼んだぞ」

風真は始と大和の亡骸に黙とうを捧げてから、アンナを追った。

＊

所長室のドアは開いていた。

アンナは躊躇せず踏み入った。部屋の中はパソコンの置かれた机とベッドくらいしかない。続いて入ってきた風真も部屋の殺風景さに少し戸惑った顔をする。

「ここまで来ましたか」

ベッドに腰かけている、朋美が言った。二人を眺めて小首を傾げる。

「爆破まで五分。あなたたちは道連れ。逃げ場はありません」

「廊下の非常口がある」

風真が言うと朋美が眉をひそめた。

「あら。見つかってしまいましたか」

「大和が非常口のカードキーを壊した」

アンナは言った。

「え？　大和さんは？」

「死んだよ。お父さんを殺して、自分も死んだ」

血を吐くような思いでアンナは言った。朋美は束《つか》の間《ま》、頬を叩かれたような顔をしたが、すぐに冷淡な表情になる。

「残念でしたね」

アンナは深く息を吸った。湧き上がる強い感情を抑えるために。

「カードキー、持ってる？」

風真が朋美に訊ねる。

「持ってると言ったら？」

「一緒に脱出しよう」

「自分たちが助かりたいだけですよね。私なんてどうなったっていい」

「そんなことない」

首を振る風真を見て朋美が笑う。

「あなたたちにとって私は極悪人でしょう？」

その手が小刻みに震えている。アンナはパソコンを指さして口を開いた。

「朋美ちゃんは爆破を止められるよね？」

「ええ。でも止めませんよ」

「死にたくなったから？……消えたくなった？」

朋美がアンナをキッと睨む。

「あなたとは違いますよ。あなたは愛されてる。生物学上の両親にも、仲間たちにも大切な人と言ってもらえる。だからね、虫唾《むしず》が走るの」

「朋美ちゃん……」

「心残りは、自分の手であなたを殺せなかったことです」

「殺していいよ」

アンナは言った。朋美の瞳が動く。

「殺せばいいじゃん」

「アンナ、おい」

風真の制止も聞かずベッドに歩み寄り、朋美の襟首を摑む。そのまま朋美を押し倒した。

「殺しなよ。でなきゃ、私が殺すよ!」

見下ろす朋美の顔にアンナの涙が落ちる。朋美は顔を歪めて、渾身の力でアンナを押しのけてきた。ベッドから落ちて尻もちをつく。朋美が立ち上がった。

「黙って、死んでくださいよ」

「嘘つき」

「はい?」

「人の嘘は見抜けるくせに自分には嘘をついてばかり。本当は一人が嫌なだけ。寂《さび》しいだけなんでしょ!?」

アンナは叫んでいた。考えるよりも早く、感じたままの気持ちをむき出しで。

「本当はもっと生きたいはず」

「こんな世界で生きるなんて、まっぴらです」

朋美が吐き捨てた。

「いい？　この世界はゲノム編集ベビーなんて受け入れない。ふつうと違うものは排除する。残酷で醜《みにく》い人間の世界よ。否定できる？　ねぇ？」

そうなんだろうか。

この世界は生きにくくて、優しくなくて、価値のないものなんだろうか。こっちから捨ててしまうべき？

否定できないんだろうか。

アンナは項垂れて洟《はな》をすすった。後ろにいる風真を振り返る。

「私、ちょっと入ります」

風真は戸惑った顔をしたが、こくりと頷いた。

「……ああ。いってらっしゃい」

アンナは掌を合わせてから、腕を振ってポーズを取る。呼吸を整える。いつもよりも長く。深く。

そして飛ぶ。高く、深く。
空間没入。
構築されたバーチャルな景色。アンナの記憶の中に生きる人。
最初に出会ったのは、ガハハハハ、と豪快に笑うおじいさん。
——本当に面白い嬢ちゃんじゃな。
多種多様な女性を平等に愛して、自らの生き様を貫いた人がいる。
景色は飛び散って新たに作り変えられる。
今度は『あかぼし』の園庭だ。
——お兄ちゃんが全部罪を被った。私の未来のために。
泣きじゃくる妹に、兄はラップに乗せて伝える。
——罪を償って必ず帰る。俺の家はここ。いつか必ずまた会える！
理不尽な人生に抗った兄妹がいる。
砂ぼこりが舞ってまた場面は移り変わる。今度は学校。空き教室だ。
——意味わかんない。
そう言って愉快そうに笑うのは、デカルト女学院で知り合った女子高生。
——とりあえずアンナがＡＩよりあたしを信用してくれてるのはわかったよ。

そう言った瞳がアンナを信用してくれている。こんな自分のことを信じてくれた人がいる。彼女は元気にしているだろうか。目を閉じる。

開いたら今度は暗い水槽が目の前にあった。

慟哭《どうこく》する男がいた。

――遺伝子組み換え鮭《サーモン》は父さんの夢だった！　父さんの夢まで殺すわけにはいかない！

家族の呪縛《じゅばく》で道を踏み外して、足掻《あが》くしかなかった人がいる。絶望する彼に兄弟たちが手を差し伸べる。元には戻れなくても、前に進もうと。

アンナの意識は水槽の水の中に飛びこむ。激しい泡と飛沫《しぶき》。群青《ぐんじょう》色の水面から飛び出すと、雷鳴が響いた。

雷を背に立つ女性は言った。

――本当のことを伝えるまで死ねないから。

恐怖に抗って命がけの演技をした人がいる。彼女をたたえる仲間たちの拍手喝采《はくしゅかっさい》が響く。

再びの閃光《せんこう》。

今度はカジノだ。

おかえりなさい、を言ったアンナに優しい声音が返ってくる。

――無茶しすぎだ、ばか。
声の主は風真。
いつだってアンナの無茶を受け止めて、守ってくれる人がいる。
アンナの意識は再び宙に舞う。様々な声が飛び交う空を駆けた。
――私はあなたの恋人ではないんですからね。
利益に囚《とら》われず、純粋に人を労《いた》わる黄以子の声。
――犯罪に使われた道具はだれにも褒めてもらえない。
道具に注ぐ愛情がだれよりも温かい星の声。
――まだまだＡＩには学ばせるべきことがある。
自分自身に一番ストイックな姫川の声。
――真っ赤な顔の正統派。テングレッド！
聞いているだけで気分が明るくなる、軽やかなリュウの声。
――自分が納得できないことは真実と呼べないのが人間よ。
見えない圧力にも屈しない凪沙の声。
――一番賢い詐欺ってのは、単純で、技術がいらなくて、誰にでもできる詐欺。
悪い人のはずなのにカッコよくて美しい緋邑の声。

日本に来て出会ったみんなの声。嘘のない言葉。

そして……。

——今ここにいるお客さんたち一人ひとりがそんな思い出を作ろうとしているのに、絶対に悲劇にはさせたくない。

「戻りました」

アンナは告げた。記憶に潜り込んだアンナの意識はこの数ヵ月間を旅して、萓研究所の所長室に戻ってきた。

「おかえり」

風真が言う。

「なんのつもり？」

朋美が鋭い目を向けていた。アンナは見返す。

「あの日、遊園地を守ろうとした朋美ちゃんの言葉に嘘はなかった。残酷で醜いこともあるけど、世界はワクワクするもので溢れてるって朋美ちゃんは知ってる。死にたくなんかないはずなんだ！」

アンナは叫んで、朋美に手を伸ばした。右手首にぶら下がっていた手錠の反対の輪を、朋美の左手首にかける。

「！ ……何を」

「朋美ちゃんのことは許せない。でも死なせない。だってまだ、嘘をついてない朋美ちゃんと思い出を作ってないから」

＊

かけられた手錠を朋美は思いきり引っぱった。でも美神アンナは微動だにしない。体が震えた。病気のせいではなくて、形容しがたい感情の荒波だった。

「わかったような口を、きかないで」

モニターを見やる。あと三分四十秒で、すべて終わる。終わらせてやるんだ。

朋美は右手をデスクに伸ばした。引き出しからＩＤカードを取り出し、アンナに押しつけた。

「それで非常口は開きます。逃げたらどうですか？」

「一緒に」

「いい加減にして！ 外してよ！」

足掻いても手錠はビクともしない。朋美は顔を背けた。

視線を向けた先に菅容子がいた。

こんな時にまで、幻が。

母は、静かに佇んでいた。

——朋美は、生きてどうするの？

またその質問ですか。

「どうする？　ただ生きることがすべてよ」

特別な理由も目標もいるものか。ふつうに生きたいのだ。平凡な家族に囲まれて。困った時は助けてもらって、困っている人は自分が助けて。生活に不自由しないぐらいのお金を持って、時々贅沢をして。バカみたいにへらへら笑って、生きていたいだけだ。

母が微笑んだ。そして言った。

——遊園地、楽しかった。

「え？」

たった一度の家族の思い出。幼い朋美の記憶の中の遊園地は、黄金色に包まれていた。きっと観覧車から眺めた、世界中を染めてしまう夕日のせいだ。

——お母さんは楽しかったわ。

こんな言葉を生前かけられただろうか？　いや、自分の脳が作り出した虚構だ。でも。母の言葉に嘘はなかった。

――ありがとう。朋美。ごめんね。

瞬きの間に幻は消えた。

いつの間にか跪《ひざまず》いていた。アンナが一緒に屈んだ。

「言わせて。私にとって朋美ちゃんは大切な友達」

その言葉に嘘がないことが、嘘みたいだ。

呆然としているうちに朋美の手をアンナが握った。朋美の手が冷たい分、怖いほど温かい手だった。

「わがまま言ってごめんね」

友達は、わがまま言い合うものでしょう。朋美の中のもう一人の四葉朋美がそう答えようとする。菅朋美、四葉朋美。偽っていた自分は、どっちだった？

「朋美ちゃん」

風真も屈んで、朋美に手を差し出した。解析室に置いてあったはずのアンナのペンダントトップがあった。

「このデータを使って病気を治して。それから罪を償ってよ。君ならできる」

朋美は勢いをつけて立ち上がった。アンナの手を握ったままパソコンに向かう。カウントダウンは一分を切っていた。キーを叩く。起動中止のパスコードを打ち込む。解除しますか？　の問いかけ。エンターキーを押す。

カウントが止まり、警報も止まった。

「ありがとう」

アンナが言った。

限界だった。朋美は激しい嗚咽《おえつ》とともに膝をついた。

＊

「止まった、みたいですね」

ハンマーを振るう手を止めて凪沙が汗を拭う。

斧を手に栗田は肩で息をし、へたり込んだ。ドアには穴が開いていたが、残り一分で人が通れるサイズにできていたかは微妙だ。腰が、危うい信号を発している。

風真が先の部屋から出てくる。部屋の奥からは朋美の慟哭に似た声がわずかに漏れ聞こえた。

「終わりました」

風真が一言、言った。

「おう。お疲れさん」

栗田は答えた。

そこから栗田たちが事務所に帰還するまでの流れは、栗田からすれば蛇足のようなものだった。特筆することはといえば、せいぜい、非常口がつながっていた先が倉庫の澁澤氏の肖像画の裏だったこと、倉庫では志葉の手下を馬乗りになってボコボコにしていた黄以子が大層生き生きしていたこと、ぐらいか。

後始末はタカと、怪我を押して山に駆けつけたユージ、二人に結局呼びだされた薫に任せた。風真も現場に残って最後まで付き合うことにした。

アンナは一同に礼を言ってから、休むと言って部屋にこもった。今はそっとしておくしかない、と思った。

チームネメシスは三々五々帰っていった。「今度みんなで打ち上げしよネ」とリュウが明るく言った。温度差はあれど、皆が賛同した。

最後まで残ったのは緋邑だった。

「社長さん、一杯飲みなよ」

我が物顔でバーカウンターを占領し、シェイカーを振るう。様になっていた。

「作れんのか」

「昔やってたからね。バーテンダー」

苦笑する栗田の前にショートグラスを置く。乳白色のカクテルが注がれた。ギムレットだ。

栗田は無言でグラスを見つめた。

「ベタ、だけどね」

そう言ってカウンターを出た緋邑は、栗田の反応も見ずに事務所を出ていった。

「ベタだな、本当に」

栗田はグラスを持つ。始の顔が浮かんだ。

——ほら。おまえの好きな小説のように、カクテルを飲んで思い出してくれ。

「バカ野郎」

栗田は、一気に呷《あお》った。

知らないうちに朝日が窓を照らしていた。

＊

菅研の騒動から一週間が経った。

ネメシス探偵事務所には凪沙が訪れていた。風真は、栗田とともにタカたちから回ってきている情報を伝えた。花岡ら一部を除き菅研の研究員の大半は二十年前の件を知らなかったこと。菅朋美は警察病院で治療を受けていること。アンナと始の件は表ざたにならないようタカとユージが尽力してくれていること、などだ。

「おかげで今度は俺たちがあのコンビのパシリにされるだろうな」

栗田が嘆く。

「アンナちゃんの様子は？」

「ふだん通りに見えますけど、どうですかね」

一気にいろいろなことがアンナの身に降りかかった。簡単に受け入れられるはずがない。

「時間をかけて見ていきます」

「そうですね」

「そうだ。あんたにこれ、預けとく」

栗田が風呂敷《ふろしき》包みを手渡した。菅研にまつわる資料だ。話し合って、事務所の隠し部屋に溜めていたものの一部を凪沙に預けることにしたのだ。

「ジャーナリストとして責任を持って預かります。それじゃ、また」

凪沙は荷物を抱えて出ていった。

「さてと。パーティーの準備するか」

「アンナ喜ぶといいな」

風真のデスクにはこの日のために用意したパーティーバナーと風船が積んである。屋上を飾り付けて盛り上げるのだ。

「なぁ風真」

「はい？」

「二十年間、ご苦労だったな」

栗田がいつになく真剣な顔で言った。

「ネメシスの役目はもう終わりだ」

「え、でも」

「もう自由に生きろ。始もそれを望んでた。おまえならなんだってできる」

栗田は腰をさすりながら社長室へ入っていった。風真はしばし呆然として立っていた。

ネメシスが終わる。自分が探偵じゃなくなる。たとえば科学の道に戻る？　あるいは様々経験したことのある仕事を選ぶ。道はいくつも広がっていた。

未知の未来を束の間、想像した。

＊

アンナはマーロウと散歩をしていた。定番のコースは大通り公園だ。

「今日が私とする最後の散歩だよ」

アンナはマーロウに語りかける。マーロウはそっぽを向いて、わん、と吠えた。ううん？　どういうリアクションだろう。

なんて考えていたら、マーロウが吠えた先から「アンナちゃん」という声がした。凪沙だった。

「あっ、こんにちは」

「事務所に寄ってきたところよ」

凪沙は「ちょっと話さない？」とベンチを指さした。

マーロウを肘置きにつないでベンチに座る。

「今日、事務所で、チームネメシス？　の打ち上げですけど。凪沙さんは？」

「私は仕事。永田町《ながたちょう》で取材の予定が入ってて」

永田町のイメージがパッとアンナの脳内で開く。

「悪徳政治家をやっつけちゃう感じ？」

「アハハハ。やっつけちゃえたらいいんだけど」

「凪沙さんはすごいです。自分の道がしっかりしてて」

凪沙がちらっとアンナを見た。

「アンナちゃんに訊きたいことがあったの。危険を冒してまで菅朋美を助けたのはどうして？」

「……よく、わかんないんだ」

今となってはなぜ、あんなにまでして助けたのか。相手はお父さんの仇なのに。

「許せない、殺してやりたいとすら思ったんです。でも、朋美ちゃんに死んでほしくない気持ちの方が勝って。矛盾してますよね」

「人の気持ちなんて曖昧で、矛盾するものよ。殺したいし助けたい。それがアンナちゃんにとっては真実だった」

「うん」

感情は複雑で、自分の手に負えないこともある。けど少なくとも朋美を見殺しにしていたら、今と比べものにならないぐらい後悔していただろう。

「凪沙さん、水帆さん……私のお母さんってどんな人？」

「んー。まっすぐで好奇心旺盛《おうせい》で、よく笑う人だった。変なものばっかり食べてたなぁ。私たちと同じ」

「顔も凪沙さんにそっくり？」

「私と同じぐらい美人だった」

あまりに真顔で凪沙が言うので、噴き出してしまった。凪沙が腕時計を見た。

「呼び止めてごめんね。みんな待ってるよ」

「うん。ありがとう。今日はリュウさんの料理食べまくるんだ」

胸がずきんと痛むのを隠して、アンナは笑った。

＊

ドアが開く音とマーロウの吠え声で風真はハッと我に返る。事務所の真ん中でぼーっと考えに耽《ふけ》っていた。

「おかえりアン……あれ？」

「こんにちは。早く着きすぎちゃって」

マーロウを連れて入ってきたのは黄以子だった。

「下でアンナちゃんに会って。買い物を思い出したからマーロウをよろしくって」

「あ、そうなんですか」

買い物ってなんだろう？

マーロウを撫でていると、開いた窓から風が吹き込んできた。デスクに積んでいたパーティーバナーが飛んで、慌てて窓を閉める。

「あーすいません」

落ちたものを拾った黄以子が首を傾げた。

「これ、何？」

「え？」

見覚えのない封筒だった。

「風真！　大変だ」

栗田が奥から顔色を変えて出てくる。

「アンナの荷物がなくなってる」

「あっ、しゃ、社長、これ」

風真は今しがた見つけた封筒を見せた。表にはアンナの字で「じひょう」と書かれていた。

＊

マーロウの散歩前にあらかじめまとめておいたリュックは、サバーバンに隠していた。いいタイミングで会った黄以子にマーロウを預けたアンナは、リュックを背負ってタクシーに乗った。

空港の近くで下車した。よく晴れた日本の空の下を、少し歩きたかったからだ。

インドに帰る。

そう決意してすぐに行動に移した。

インドに帰ってどうするかはまだ決めていない。しばらくはカラリパヤットの師匠や、現地の父の友人たちに頼る生活だろう。ネメシスで働いた分の給料や貯蓄があるうちに、自分の道を見つける。そう、それでいい。

もうここにはいられないから。

飛行機の飛び立つ轟音《ごうおん》が響く。足を止めて機影を見送る。

と、どこからともなく重低音のビートが聞こえてきた。ハッとして振り返る。見慣れたサバーバンが走ってくる。栗田の趣味のヒップホップビートを奏《かな》でながら。

「なんで来るの……」

アンナの真横で車が停まる。運転席を転がり落ちるように出てきた風真は「おい、アンナ！」と駆け寄ってくる。

「勝手に出ていくなよ」

「おまえがインドに帰ろうとしてることぐらいマーロウでもわかるぞ」

栗田はハットを被って空を見上げる。

「辞表は出しましたよ」

「いいか。辞表ってのは公務員とか会社役員が使うんだ。おまえが書くなら辞表じゃなくて退職願」

「え、そうなの。日本語難しい！」

アンナは仰天してしまってからすぐ頭を振る。

「じゃ、じゃあ、そこだけ書き直せばいいんでしょ！」

「なぁアンナ。インドに帰るって言い出したのは……」

風真の視線から顔を逸らす。

「だって今までのようにはいられないから。みんなに迷惑かけちゃうし」

「迷惑はな、前からかけられてる」

栗田に言い切られて、軽くショックを受ける。

「今更なんだよ。いいか、アンナ」

アンナの肩に手をのせて屈み、栗田が視線を合わせてくる。逸らせなかった。

「どんな生まれ方をしてようが関係ない。大事なのはどう生きるかだ」

「でも、だから私はお父さんがしてきたように隠れて生きていかないと。だって私がお父さんの人生を狂わせたんだもん」

「バカタレ！」

今までに聞いたことのないほど痛切な栗田の「バカタレ」に、アンナは身震いした。

「あいつは、おまえの父親になれた始は、幸せだった。俺が断言する」

「根拠あるの？」

「ったく似た者親子だな！　俺がこの目でおまえらを見たからわかるんだ。探偵歴三十年、人間歴六十年の俺が！」

論理性はないのに説得力が圧倒的で、アンナは返す言葉をなくしてしまう。栗田はゆっくりと繰り返した。

「いいか。始の人生もおまえの人生も不幸なんかじゃない。もし不幸にする奴が現れたら、俺がぶっ飛ばしてやる」

「社長」

風真が口を開いた。妙に清々《すがすが》しい笑顔だった。

「いろいろ考えて俺のやりたいこと、決まりました。社長と一緒にネメシスを続けます」

栗田が驚いた顔をする。

「俺が一番やりたいことです。俺にはネメシスが必要で、名探偵風真尚希には、アンナが必要なんだ」

父とは少し違う、でも同じぐらい優しい微笑みで風真が言う。アンナは鼻の奥がつんとした。

「っていうか、単純にさ、アンナがいないと寂しいんだよ。俺も社長も、みんな。寂しい」

「本当に？」

アンナは涙声で訊ねた。風真が頷いて、栗田が頷く。

「一緒に続けようよ」

風真の言葉に、アンナは顔をほころばせて頷いた。

＊

夏、真っ盛り。探偵事務所ネメシスには風鈴の音と、不調のエアコンの異音が入り混じる。栗田は給湯室でスマホを耳に当てつつ、応接セットで依頼人と向き合う風真を、ひやひやしながら見守っている。

「探偵さん、どうですかねぇ？」

オールバック、頬に傷、格闘家のようなガタイに、腕を覆いつくした刺青《いれずみ》。Vシネマから飛び出してきたかのような依頼人は不機嫌そうに黒い扇子で自分の顔を扇《あお》いでいる。

「ええ、つまりご依頼は」

「密室でオヤジに毒を盛り、俺をメルセデスごと丸焼きにしようとした犯人、捜してもらえますかねぇ？」

「は、はい。それは……」

「あぁ～、話しすぎて喉渇いたなぁ」

依頼人に出したコップは空だった。

「す、すみません。すぐお茶を……」

風真が視線をよこしてくるので栗田は頭を引っ込める。同時に呼び出し音が途切れた。

『もしもーし、アンナでふ。むぐっ』

「バカタレ。お茶買うのにどこまで行ってんだ？」

『それが社長。商店街で縁日やってて。ついつい、むぐ。食べちゃって』

「何を食べちゃってんだ。怒らせると危なそうな依頼人なんだ。早くしろ」

『もう着きますって。切りますよ〜』

ストレス社会の怨念《おんねん》をぶつける勢いで事務所のドアが開いた。ドアを蹴り開けたのは英字プリントのTシャツにショートデニムパンツ姿のアンナだ。右手には串《くし》に刺さった焼きイカを持ち、左手の買い物袋を掲げる。

「イカの丸焼きうまうまー。あ、新発売のドクダミ緑茶買ってみました」

依頼人が眉をぴくぴくさせてアンナを凝視した。

「丸焼き……？　ドク？」

「へ？　あ、どうも」

呑気《のんき》に失礼な挨拶をしたアンナは依頼人の前に「どうぞ、粗茶ですが」とドクダミ緑茶を置いた。

バカタレェエ！　と内心で叫びながら栗田は飛び出し、ドクダミ緑茶を拾い上げ、アンナのイカの丸焼きを奪った。

「ちょ、社長、イカ泥棒！」

「うるさい。変なものを変なタイミングで買ってきやがって」

言い争う栗田とアンナを、依頼人が唖然《あぜん》として眺めている。

「ああ、ごほんごほん」

見事に不自然な咳払いをして、風真が起立した。依頼人に向けて語り出す。

「これは探偵事務所ネメシス史上もっとも凶悪で難解な事件かもしれません」

腕を組み、もっともらしい顔で席を回り込んでいく。

「しかしこの世に晴れない霧がないように」

風真がアンナと栗田の間に立った。

三人は打ち合わせたわけでもないのに、なぜか伝わるアイコンタクトを交わす。

「解けない謎もいつかは解ける」

アンナが言い、

「解いてみせましょう、この謎を」

栗田が言った。

風真が二人に頷き、

「さぁ真相解明の時間です」

決め顔で指を鳴らす。

「……で、わかってるんですか？」

アンナがささやく。風真は決め顔を保ったまま「ううん、全然」とささやき返す。アンナが「えぇぇぇ」と声を上げ、栗田は晴れない霧よりも深いため息を落とした。

探偵事務所ネメシスは今日も、ほどほどに忙しい。

本書は、連続テレビドラマ『ネメシス』（脚本　片岡翔　入江悠）
第八話、九話、十話の脚本協力として、著者が書き下ろした小説と、
そのキャラクターをもとにしたスピンオフ小説です。

〈著者紹介〉

藤石波矢（ふじいし・なみや）

1988年栃木県生まれ。『初恋は坂道の先へ』で第１回ダ・ヴィンチ「本の物語」大賞を受賞し、デビュー。代表作となった「今からあなたを脅迫します」シリーズは、2017年に連続TVドラマ化された。

ネメシスⅦ

2022年10月14日　第１刷発行　　定価はカバーに表示してあります

著者……………………………藤石波矢《ふじいしなみや》

発行者…………………………鈴木章一
発行所…………………………株式会社 講談社
〒112-8001 東京都文京区音羽2-12-21
編集03-5395-3510
販売03-5395-5817
業務03-5395-3615

KODANSHA

本文データ制作……………講談社デジタル製作
印刷……………………………株式会社ＫＰＳプロダクツ
製本……………………………株式会社国宝社
カバー印刷……………………株式会社新藤慶昌堂
装丁フォーマット…………ムシカゴグラフィクス
本文フォーマット…………next door design

ISBN978-4-06-529587-8　N.D.C.913　282p　15㎝

ネメシスシリーズ

藤石波矢

ネメシスV

探偵事務所ネメシスを訪ねてきた、暴露系動画配信者たじみん。彼はフェイク動画により麻薬使用の疑いをかけられており、同じ動画に映っていた女優の光莉《ひかり》は失踪中。事件の鍵は二年前のニュース番組の虚偽報道にあった。嘘と欺瞞に満ちた世界で風真《かざま》とアンナが見つけた真相とは？　過去と現在が交錯し物語が大きく動き出すシリーズ第五弾！　小説オリジナル「正義の餞《はなむけ》」も収録。